U0079238

對話學文法
【進階篇】

Grammar in Dialogue

全MP3一次下載

http://booknews.com.tw/mp3/9786269724482.htm

此為 ZIP 壓縮檔，請先安裝解壓縮程式或 APP，iOS 系統請升級至 iOS13 後再行下載，
此為大型檔案，建議使用 WIFI 連線下載，以免占用流量，並確認連線狀況，以利下載順暢。

Prologue 前言

英文成績好的人，真的很懂文法嗎？

　　當我的學生詢問如何學習文法時，我總是會反問：「為什麼要學習文法？」，但遺憾的是，幾乎沒有學生能明確回答這看似簡單卻根本的問題。說不定這些學生也都認為，這個問題答不出來是理所當然的吧！為什麼必須學習英文文法呢？如果知道必須學習的理由，那麼，「要如何學習」的解答，也就隨之出現了。

　　大部分的學生、上班族，都是歷經了小學、國中、高中，透過各種文法書來學習英文文法，而有些人來到了我工作的美國佛羅里達州立大學語言學校，在簡單的英文文法分級測驗後，卻無法在八個程度分級之中取得 Level 3 以上的分數。接著學期開始後，又總是抱怨文法教學的內容太過簡單，他們會說：「我以為我來到美國後會學到更高深的文法，但我為什麼一直在學我已經學過的內容啊？」。有些人一邊主張自己的文法程度很強，一邊與這裡的美國講師們針對文法知識展開唇槍舌戰。他們認為自己比美國講師更了解英文文法，然而事實真的是這樣嗎？

　　針對這個問題，我不置可否，再說得更清楚一點，我認為因為每個人看待文法或文法教育的觀點都不同，因此答案也會有很大的差異。在現行的教育體制下，英文文法被認為是用來學習、理解、背誦的「知識」，因此，許多人在教室內外都把文法當成公式在記，這讓很多英文成績取得高分的人都擁有不會輸給大部分英文母語人士的淵博文法知識。從這個角度出發的話，「英文成績好的人，文法都很強」的這個結論可能是真的。另一方面，以英文為母語的美國人在教英文時，文法會被認為是這個語言的一部分，必須透過內化與習得（Acquisition）來學習，而不是將文法當成是必須學習、理解與背誦的「知識」。這讓他們在教導學生文法時，會盡量減少「教學（Teaching）」，而是帶領學生在適當情況下實際使用、練習有運用到文法觀念的句子，讓學生能夠透過口說和實際運用來學習文法。這所語言學校在文法教學上的方針和目標，就是讓學生能夠在自己創造的句子中，自然運用正確的文法。這也就是為什麼目前在美國教授英文文法課程的絕大多數講師，都會表示自己的教學內容是 Grammar-in-Use（實際運用下的文法）與 Grammar-in-Context（根據情境使用的文法）。在以這種方針進行教學的學校之中，要衡量學生文法實力時，理所當然不會使用填空或選擇題，而會採取與學生交談（Speaking）及試寫（Writing Sample）的方式，來分析學生是否能正確使用文法。

TOEFL iBT 也同樣是用這種方法來衡量學生的程度。在主辦 TOEFL 的 ETS 主導之下，TOEFL 中已經有好一段時間找不到文法題了，取而代之的是，在為 Speaking 和 Writing 評分時，會仔細檢視學生在實際運用下的文法（Grammar-in-Use），並反映在最終分數上。

聰明的讀者現在可以知道，為什麼大部分的人，都無法在美國大學語言學校的簡單評測中取得 Level 3 以上的成績，原因就在於，這裡不是用填空或選擇題來評估學生的文法實力，而是檢視學生的 Speaking 和 Writing Sample。也就是說，會有這樣的結果，不是因為大學生們的文法知識薄弱，而是因為他們實際運用下的文法（Grammar-in-Use）能力不佳，所以只能被分配去上相當於初中級程度的文法課程。簡單來說，這些學生精通各種完成式、直接與間接轉述、各種假設語氣，但在句子中，卻連第三人稱單數現在式動詞的後面要加 -s 或 -es，這種最基本的動詞規則都無法好好遵守，那當然只能被安排去上初級課程了。在這種情況下，就算知道第三人稱單數現在式的動詞要如何變化，也毫無意義。在美國課堂上，會被認為文法實力優異的人，是那些能夠在實際情境中，開口說出合乎文法的句子的人，也就是在 Grammar-in-Use 和 Grammar-in-Context 上表現優異的人，而不是那些能比別人說出更多文法「知識」（Grammar Knowledge）的人。

我在韓國和美國教了多年英文，看著學生們因為沒有領悟到這個簡單的道理，就算努力學習英文文法，仍無法提升真正意義上的文法實力，進而寫了這本書。和我一起開發了佛羅里達州立大學 Center for Intensive English Studies 文法課程的 Jernigan 博士，總是對學生強調「培養你的直覺！（Develop your intuition!）」。這句話的意思即是不要把文法當成公式那樣試圖背誦，而是要接觸各種例句，正確使用相應的文法，誘導並發展出「直覺」。在此前提之下，本書雖然收錄了有助於理解的基礎文法說明，但去掉了許多看起來很厲害、但卻不是很有用的文法知識與說明，並專注於透過各種例句讓學生以句子情境來理解基本文法，並發展出自己的「直覺」。本書中所收錄的許多例句及對話，都是我在這所大學之中，一邊教導各種程度的學生，並特別參考我們以往經常犯錯的內容所編寫而成的。這本書裡有著我的經驗和心血，希望能夠對在英文學習之路上辛苦的學生們有所幫助！

於佛羅里達

作者　金峨永

學文法的最終目標
就是像母語人士一樣說話！

不管喜歡與否，說到英文就會想到「文法」，而文法和英文就像是一體兩面。不過，每位教育家對此的見解不同，所以其中也有人主張，即使不學文法也能學好英文。這句話本身並沒有錯，因為如果是在英語系國家出生的人，即使不特別學習文法也能說好英文。但是，就算已經從學校畢業，美國人仍然會透過文法書來學習文法。這是為什麼呢？原因就在於他們想要說出更正確的英文，還有使用精確的英文句型來提高自己說話的格調。連母語人士都這麼努力學習，而且我們所使用的母語文法架構還和英文相當不同，那我們當然就更需要學習英文文法了！

然而，我們的問題是在學習時用錯了方法。各位為何要學習文法呢？大多數人都是因為想要能夠順暢對話。那麼，若想要和母語人士一樣自由自在地使用英文進行對話，是不是應該把重點放在進行對話時感到困難吃力的部分呢？我們這套系列書，分為構成主詞、受詞的名詞部分、在句子結構中帶有名詞功能的部分、以及與名詞相關的其他詞類（基礎篇），和能夠左右句子整體架構的動詞部分（本書）這兩部分。

事實上，只要把句子的主要構成要素「主詞」、「受詞」、「補語」和「動詞」都放在正確的位置上，句子就完成了。不過，想讓對話更精彩而學習文法的學習者們，最先必須解決的問題是，如何構成相當於主詞和受詞的部分，以及如何結合時態來運用動詞之間在表達上的細微差異。然而，大部分學習者都忽略了這些問題，而執著於五大句型或文法術語，且經常絞盡腦汁用自己學過的文法來解釋句子，真是令人感到惋惜。

當人們說他們想要擁有會話能力時，意思是「只要能像英美母語人士那樣對話就好了」。其實那些人贏是贏在他們是在那裡出生長大的，所以說起英文來沒什麼困難。而他們在對話時的關鍵，在於他們會以正確語順並利用動詞間在表達上的細微差異來說話。各位也要將重點放在這裡，熟悉文法並使用它們。想要像母語人士一樣自由自在地用英文說話，並非是不可能的夢想。這本書將會陪伴在各位的身邊。

推薦這本書
給下面這些讀者！

文法學習量與會話實力成反比的人

許多人抱怨自己已經非常努力學習文法了，卻仍然無法用英文彼此溝通。這是為什麼呢？這是因為他們用的不是專門針對提升會話能力的文法書！

然而，這本書是不一樣的。本書捨棄了不常用的文法，整理出讓程度較為基礎的人也能發揮出最大會話實力的內容。現在你所看到的，正是這樣的一本書！

迫切想提升會話能力，卻很討厭看文法書的人

其實，現在市面上的文法書給人的印象都非常生硬。雖然不是什麼數學課本，但裡面卻寫滿了密密麻麻的文法公式，前後例句毫無連貫性，讀起來實在無趣。因此，很多人只看了文法書的前面一部分，就放下不看了。

這本書會告訴各位，學生們要如何有趣、愉快地學習英文文法。我在遙遠的美國費盡心思，成功教授文法給世界各國各式各樣的學生們。我把這些經驗融會貫通後，製作成了這本便於閱讀的書。為了讓每個說明都清楚好理解，所以我加入了會話例句，讀者們將會發現，原來文法書讀起來也能如此流暢啊！

因為英文學習書的例句很無聊，完全看不下去的人

例句就是文法使用情境的縮影，無論怎麼想都是書中最重要的部分。然而，大部分文法書的例句，都只著重在某個文法重點，這樣說來豈不是沒有在例句上用心嗎？

讓讀者透過能讓他們切身體會的例句來學習文法，這才能說是最理想的學習書，因此，作者編寫例句時費了不少心思。本書例句中收錄了母語人士最常用到的情感表達，並將這些表達徹底與一般人會使用的句子完全融合。能夠看到在其他書上看不到的例句，一定很有意思！

像母語人士一樣說英文的核心觀念
Grammar-in-Use、Grammar-in-Context

　　若想把英文說得像母語人士一樣好，前面已經大略提過需要知道的事項了，也就是必須確實理解構成主詞、受詞的名詞部分，以及會左右句子構成的動詞與相關時態。那麼，「應該學習什麼？」的答案就呼之欲出了。現在就只剩「怎麼做？」的 how 了。這個問題的答案有兩個，也就是 Grammar-in-Use 和 Grammar-in-Context。

　　Grammar-in-Use 可以解釋為「實際運用下的文法」。與其學會所有與構成主詞或受詞的名詞部分有關的文法，不如只學習實際運用度高的文法就好了。可以在句子中做為主詞或受詞的是什麼呢？那就是名詞。那麼，只學習一個名詞就夠了嗎？名詞還會加上冠詞，也會加上介系詞，有時還附帶了一些形容詞。再加上句子裡有時還會出現與名詞毫不相干、但作用卻如同名詞的東西。各位必須學習的就是這些內容，因為在實際會話中用到這些文法的頻率很高。以前曾在文法書的名詞篇中，看到「分化複數」這個詞，只看字面根本就猜不出到底是什麼意思，但它指的其實是名詞後面再加上表示複數形的 -(e)s 時，會完全變成另一種意思的情況。舉例來說，arm 加上複數形 -s 的話，雖然也可以是「手臂」的複數形，但也是「武器」的意思。光看字面的話，會以為這是一個多麼深奧的文法重點，但就算把這個專有名詞背了下來，各位的會話能力就會提升嗎？絕對不會！

　　因此，這本書以 Grammar-in-Use 為基礎，只收錄進行會話時會用到的內容，因此不會和市面上的英文文法書一樣，以五大句型為主來進行說明，且也不會過度使用專有名詞，只會介紹讓讀者能夠用在對話中精準表達所需的重要內容。

　　Grammar-in-Context 的意思，準確來說是「根據情境使用的文法」。也就是透過句子的情境來理解文法。舉例來說，讓我們看看 run 這個動詞吧！說到 run，各位可能只會想到「奔跑」這個語意，例如 I run in the park every morning. 這個句子中的 run。

但是，在 I used to run 10 miles to lose weight. 這個句子中，就不能單純解釋為「奔跑」，而是後接受詞的動詞「跑～」的意思。我想說的是，在看到動詞 run 時，不要認定它只有一個意思。必須要透過句子的情境來掌握它的意義。那麼，請再看 My uncle runs a language school. 這個句子，在這裡的 run 是「奔跑」的意思嗎？不是的，這時候應該理解成「經營」、「管理」的意思。然而，只要把這個意思記住，就能馬上拿來用嗎？其實我們的大腦，並不是把單字字義記住就能依照句子情境來使用，而是必須先理解句子情境，才能正確使用單字。

因此，在這本書中，會利用可透過句子情境來理解的會話，來讓讀者理解重要的文法觀念。也許有人會說：「單靠句子情境不夠吧？」，不過，句子的情境不是單純把句子放在一起就能營造出來的，而是互相溝通時所感受到的氛圍、語氣或上下文理解等的一個整體。雖然理解上可能會有點吃力，或者覺得學習進度的進展快不起來，但越是基本的單字，越要加倍努力將它們按照情境正確運用在句子之中！這樣在未來的某一瞬間，英文就會不知不覺地變好！

融會貫通 Grammar-in-Use 和 Grammar-in-Context 的關鍵，就是「習得」（acquisition）。只是透過學習（learning），英文是絕對不會進步的。一個只是看過許多手術影片的外科醫生，難道就能夠執行困難的手術嗎？一定要親自拿起手術刀操作才行！英文也是如此，不能因為學到了東西就感到滿足，必須要有強烈的企圖心，進而在生活中實際運用，讓它們真正成為自己的東西！在這種強烈的企圖心下，更專注於學習實用性高的文法，並且按照情境積極應用在句子之中，各位的會話實力就絕對不會停滯不前，而是會展翅高飛！

強烈推薦你這樣學習！

從頭到尾讀一次

這本書從第一章到最後一章的內容都互相連貫，因此建議你仔細地從頭到尾看一遍。此外，作者的說明很簡潔，只要透過說明就能夠理解例句，讀者們完全不會感覺到閱讀一般文法書時的沉重和冗長感。

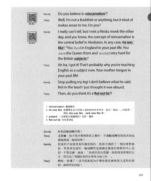

請把會話例句記下來

所有會話例句都是精心編寫而成的。唯有透過句子情境，才能徹底了解相關文法，因此，這些句子是根據實際情境而寫出來的。這些會話之中蘊含著美國人的思考方式和情感表達，因此比起單純用來學習文法，這些會話例句具有更深層的意義。請不要認為只看過一遍就夠了，而是要慢慢地、一句一句地跟著會話例句學習，請多看幾次吧！

請聽兩種版本的錄音檔

本書所收錄的會話分別錄製了slow 版本和 natural 版本。在大部分的 slow 版本之中，排除了情感、口音、連音等因素，且唸得比正常說話時的語速要慢。這個版本針對個別單字準確發音，因此對提升英文聽力很有幫助。natural 版本則是以母語人士正常說話時的語速、語調、連音及語感來錄製，因此能夠聽到相當生動的會話。QR碼編號尾數 1 的是 slow 版本，尾數 2 的則是 natural 版本，各位只要依照自己的需求選擇即可。

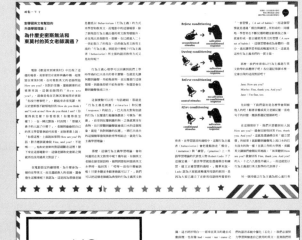

可別錯過能為所有人解惑的「我有問題！」專欄

各位想知道的內容，也會是其他人想知道的。作者也經常會被問到這些問題。本書中不時會出現的「我有問題！」，收錄了與書中內容有關、也是學習者們最想知道的問題，並給予最簡單、清楚而正確的答案。只要好好學習這些內容，各位的會話實力一定會瞬間突飛猛進喔！

幫助理解英文學習法的「外語學習理論」

在碰到某種情況時，如果我們能夠了解會發生這種情況的背景或理論，就更能輕鬆理解，同樣地，我們一直努力想要流利對話，但這樣真是正確的嗎？此外，在發生某些情況時，應該要怎麼應對才好，這些都會在「外語學習理論」中為各位介紹。外語學習理論並不是主修語言的人才需要學習，它們能幫助各位更確切掌握在學習中會碰到的情況，並朝正確的方向學習。這部分提供了與學習理論有關的豐富知識，請千萬不要跳過不讀喔！

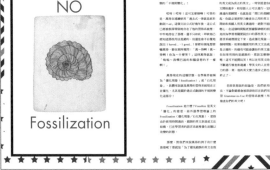

Contents

基礎篇

（名詞篇）

（推薦給想要增強基礎文法概念的你）

CHAPTER

1

是動作還是狀態？
這才是問題！
（動作動詞與狀態動詞）

ACTION VERBS
VS.
STATE VERBS

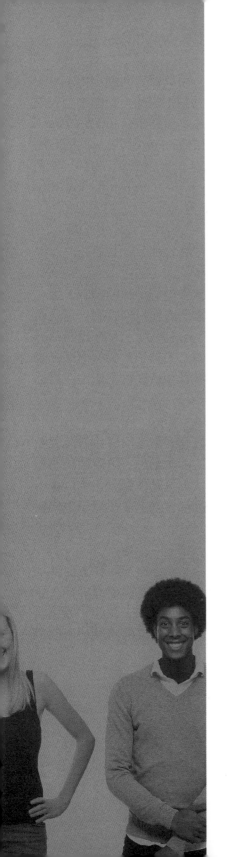

動詞呀～動詞呀～～動詞呀啊啊啊～～！許多會一點英文的人，都說只要掌握動詞，就能完全理解英文！那麼，我們就專注在動詞上吧！不過，英文裡的動詞有這麼多，要怎麼分類呢？英文動詞的分類方法有很多種，如果我們的學習重心是 Grammar-in-Context，那麼，將動詞分為動作動詞（Action Verbs 或 Event Verbs）和狀態動詞（State Verbs），在很多時候是有所幫助的。只要理解這兩種動詞的差異，就有助於理解使用這些動詞的句子情境，並且馬上就能應用在實際生活之中！聽說在佛羅里達教英文的峨永老師，就是用這種方式受到學生歡迎的……

「動作動詞」顧名思義就是用來表達「可以停止的動作！」，也就是執行動作期間可以被中斷的那種動詞！因此，動作動詞表達的就是做某件事之「行為」的動詞。換句話說，jump、run、say、sing、dance、stop、write 等表現出 action（行為）的所有動詞，都可以看成是動作動詞；反之，若不是「行為」的話，就是表現出「狀態」的動詞。例如 be、have、belong、know、believe、love、like、resemble、consist 等。

但是我們為什麼必須知道這兩者的差異呢？到底為什麼呢？

假設有兩個動詞的意思相近，不過，其中一個是狀態動詞，另一個則是動作動詞，那麼，即使我們把它們看作是同義詞，還是會因為句子情境的不同，而造成在使用上的差異。因此我們「一定」要知道箇中差異，才能說出「正確」的句子。另一方面，有許多人搞混了「動作」和「狀態」的概念，所以常常無法在對話時表達出正確的意思。

有一個因為把「動作」和「狀態」的概念弄錯，而導致彼此混淆的經典例子，那就是 wear 和 put on 這兩個動詞。這兩個詞的意義相近，不過一個是狀態動詞，另一個則是動作動詞，所以在用法上很不一樣。因此也有許多英文老師都會強調並提醒學生們要特別注意。

我們先說結論，wear 是狀態動詞，put on 是動作動詞！也就是說，**wear** 表達的是「穿著衣服的狀態」，**put on** 表達的是「穿衣服的動作」，它們在使用情境上其實完全不同！然而，即使已經這樣解說，還是會有許多人搞不清楚它們之間的不同，所以我們來看看例句吧！

💬 He's wearing a jacket.　　VS.　He's putting on a jacket.

他穿著一件夾克。　　　　　　他正在穿上一件夾克。
（穿著的狀態）　　　　　　　（穿的動作）

就像上面這樣，這兩個相近詞的使用情境完全不同，所以你必須要了解透過句子情境來挑選用字的樂趣才行！

那麼，在哪種情境下要用哪個字，才能表達出道地的感覺呢？狀態動詞 wear 主要用在描述某人的穿著打扮上，相反地，動作動詞 put on 則是表達「一次性」的動作（one-time action），這裡就不再多做文法說明了。請各位一邊聽對話，一邊用心感受吧！
Ready, set, go!

01_01_1

01_01_2

Paul　This is a wonderful picture! When was it taken?

Jae-won　It was taken at my college entrance ceremony.

Paul　At your college entrance ceremony? Interesting! In America, we celebrate graduations, but most American schools don't have entrance ceremonies.

Jae-won:　Is that a fact?

Paul　Yes, it is. So, did you take a lot of photos at the ceremony?

Jae-won　Unfortunately, we couldn't take any other pictures other than that one because my four-year-old nephew was so out of control[1] that day.

Paul　Well, anyways, you look great wearing a black suit. Besides, your eyes are twinkling with anticipation!

Jae-won　Thanks. As you know, I really wanted to get into this school.

Paul　這張照片好棒！什麼時候拍的啊？

Jae-won　這是我大學入學典禮的時候拍的。

Paul　大學入學典禮的時候嗎？真有趣！我們在美國會有畢業典禮，不過大部分美國的學校都不會有入學典禮。

Jae-won　真的嗎？

Paul　是啊，沒錯。這樣的話，你們在典禮上拍了很多照片囉？

Jae-won　不幸的是，我們那天除了那張照片以外，其他什麼都沒辦法拍，因為我四歲的姪子實在太不受控了。

Paul　這樣啊，不管怎樣，你穿黑西裝很好看，而且你的眼睛還閃爍著期待。

Jae-won　謝了。你知道的，我真的很想進這間學校。

Paul By the way, is this gentleman wearing glasses▸ your professor?

Jae-won Yes. He teaches anthropology, and he's one of the world's preeminent scholars in the field.

Paul Who is this girl standing right beside you?

Jae-won Which girl?

Paul Right here. The one who's wearing a light blue jacket.

Jae-won Hmm... I'm **racking my brain**[2], but I can't remember who she is.

---

1. be out of control: 無法控制
2. rack one's brain: 翻遍腦海

▸ put on 和 wear 除了可以用來表達「正在穿／穿著衣服」之外，也可以表達「正在穿／穿著鞋、正在戴／戴著眼鏡」的意思，只要是可以附著在身上的東西，包括彩妝和香水也都可以用 put on 和 wear。

I want to learn how to put on make-up. 我想要學怎麼化妝。
He's always wearing too much perfume! 他香水總是噴太多！

Paul 對了，這個戴著眼鏡的紳士是你們教授嗎？
Jae-won 沒錯。他教人類學的，而且他是世界上在這個領域中的傑出學者之一。
Paul 這個站在你旁邊的女孩是誰啊？
Jae-won 哪個女孩？
Paul 就在這裡，穿著淺藍色夾克的這個。
Jae-won 嗯……我翻遍了腦海也不記得她是誰。

在上面對話之中，wear 始終是狀態動詞，用來描述人們在照片中穿著打扮的狀態。如果搞懂了 wear 的使用情境，現在也來看看會使用 put on 的情境吧！

01_02_1

01_02_2

Dad (knock knock) **Rise and shine!**[1]

Daughter Dad, I'm awake! I'm in the middle of something here. In fact, my project is due today, and I haven't finished it yet. **I couldn't sleep a wink**[2] last night because of that.

Dad Do you think you can **hand it in**[3] today?

Daughter Yes, I just need a little more time to **wrap it up**[4].

Dad All right, just don't forget to put on a warm coat when you leave. It's cold out there.

Daughter Thanks, Dad!

---

1. Rise and shine!: 該起床了！（這是用「早晨太陽升起」的説法來比喻）
2. I couldn't sleep a wink.: 我完全沒睡。
3. hand in: 交出去
4. wrap up: 收尾

爸爸　（叩叩）該起床了！

女兒　爸爸，我醒著啦！我正在這弄一些東西。其實我的專案今天要交，但我還沒有做完。我昨晚為了這件事完全沒睡。

爸爸　妳覺得妳今天能把它交出去嗎？

女兒　可以，我只是需要再多一點時間來收尾。

爸爸　好吧，那妳出去的時候別忘了要穿件保暖的大衣。外面很冷。

女兒　謝了，爸爸！

就像在這個對話中看到的，put on 和 wear 不同，表達的是「穿」的動作。爸爸對熬夜做專案的女兒說「出去的時候別忘了要穿件保暖的大衣（指「穿」的動作）。外面很冷」，為這個對話做了個溫馨的結尾。

看樣子各位已經找到感覺了，那我們就來看看其他及物動詞的例子吧！

這次來比較一下代表性的狀態動詞 Be，以及雖與 Be 意思相近，但以用途來看肯定是動作動詞的 Get 吧！這裡同樣也不用多做說明，只要看兩個句子的情境就可以了。在聽對話之前，先來看看簡單的例句吧！

💬 Be: I am married. 我結婚了。

Get: I got married in 2004. 我 2004 年結婚了。

I got married!

I am married!

就像中文翻譯所呈現出來的，I **am** married. 指的不是一個動作，而是表達自己現在是未婚還是已婚（marital status），換句話說，表達的是一種「狀態」。另一方面，I **got** married in 2004. 指的是在 2004 年結婚了，句子所表達的情境並非結婚與否（狀態），而是舉行結婚儀式的一次性「動作」或「活動」（Action/Event）！不過，這樣說明可能還是不太夠，因此我們再多看一組例句吧！

💬 Be: I am ready! 我準備好了！（準備好的狀態）

Get: Get ready, right now! 現在馬上準備！（進行準備的動作）

那麼，除了大家都知道的世界級明星 Be，現在我也要帶你進入雖然沒那麼有名、但也很有名的 Get 的世界！

Mark	(sigh……………)
Jenny	You look **dispirited.**[1] Are you depressed or something?
Mark	No, I am actually upset! Tanya is too **outspoken**[2], and she doesn't seem to care about how I feel at all!
Jenny	What happened?
Mark	Her father plans to retire soon, and she wants me to take over his company.
Jenny	You guys are getting married soon, so why don't you listen to her? Don't you like his job?
Mark	I don't dislike it. I'm just afraid of change.
Jenny	Did you say that to her?

01_03_1

01_03_2

Mark	Yes, and you know what she said? "**Are you a man or a mouse?**[3]"
Jenny	That's mean! I mean she **was over the top.**[4]
Mark	I used to enjoy her sarcasm, but **that doesn't fly with me**[5] any more.

1. dispirited: 無精打采的
2. outspoken: 不管別人心情如何，仍毫無保留地說出來
3. Are you a man or a mouse?: 嘲弄別人是膽小鬼時會說的話
4. be over the top: 太過頭、太過分
5. That doesn't fly with me.: 對我來說不好笑（對方拿不好笑的事開玩笑時可以用的表達）

Mark	（嘆氣……）
Jenny	你看起來無精打采的，是心情不好還是怎樣？
Mark	不，我其實很不爽！Tanya 說話太直了，而且她好像完全不在乎我覺得怎樣！
Jenny	發生什麼事了？
Mark	她爸打算很快要退休，所以她想要我接手他的公司。
Jenny	你們很快要結婚了，那你幹嘛不聽她的？難道你不喜歡他的工作嗎？
Mark	我不是不喜歡。我只是害怕改變。
Jenny	你有跟她說這件事了嗎？
Mark	有啊，然後妳知道她說了什麼嗎？「你到底是不是男人啊？」
Jenny	這也太刻薄了！我的意思是她太過分了。
Mark	我以前很喜歡她的諷刺，但現在我覺得一點也不好笑。

He
NEVER

gets upset!

在前面的對話之中，在表達生氣的狀態、Tanya 的性格、說話者的心理或情緒狀態（不安迷惘）等情境下，都使用了動詞 Be，完全展現了狀態動詞的精髓。那麼，接下來就輪到 Get 了！

01_04_1

01_04_2

Melanie	I'm very fond of Mickey. He's a really nice guy, and he never gets upset. I think he is **marriage material**[1].
Sam	I'm sorry, but to me, it looks like your love has blinded you. He does get upset. The other day, when I cut in line at the bank, he got so upset with me.
Melanie	Really? Please tell me more about him. I want to know all **his likes and dislikes**[2].
Sam	Okay, never mind! (Sarcastically) He's an angel!

1. marriage material: 適合結婚的人
2. one's likes and dislikes: 某人喜歡和不喜歡的東西

Melanie	我非常喜歡 Mickey。他人真的很好，而且從來不會發脾氣。我覺得他是個可以結婚的人。
Sam	抱歉，不過在我看來，妳是被愛情蒙蔽了雙眼。他當然也會發脾氣。我之前有一天在銀行插隊的時候，他就對我發了很大的脾氣。
Melanie	真的嗎？拜託你再多跟我說一些他的事。我想要知道他所有喜歡和不喜歡的東西。
Sam	算了，當我沒說過！（諷刺）他是個天使！

對話中 Melanie 說的第一句話 He never **gets** upset. 中，會使用動作動詞 get 來代替狀態動詞 be，是因為在這裡不是想要表達生氣（或不生氣）的狀態，而是要表達生氣的「行為（動作）」。

23

那麼，這次要不要試著把這兩個動詞混在一起用用看呢？是 be happy（處於快樂的狀態）還是 get happy（變得快樂）呢？問題就在這裡啦！

01_05_1

Lisa
My nine-month-old boy gets happy whenever I sit him in his rocking chair. He won't get out of it. I wish I could get happy easily like him.

01_05_2

Jerry
I read somewhere that happiness is a choice. So I choose to be happy, and I am always happy. I'm telling you[1]. Just change your mindset, and you won't need "something" in order to get happy.

Lisa
I agree that your happiness is your choice, but sometimes it's hard to practice.

Jerry
Let me tell you this story. I know a guy who's always happy. Surprisingly, he ran away[2] at the age of 15 because his parents abused him. After that, he went through[3] extreme hardships in life. I heard he overcame all the difficulties. The thing is I would have never guessed that until he told me because he's such a positive person.

Lisa
每次我讓我九個月大的兒子坐他的搖椅，他就變得很高興。他都不想從上面下來。我真希望我也能跟他一樣那麼容易開心。

Jerry
我不知道在哪看到說快樂是種選擇。所以我選擇要快樂，而我也一直都很快樂。我跟妳說，只要改變妳的心態，妳就不需要什麼「東西」來讓妳變得快樂。

Lisa
我同意快樂是種選擇，但有的時候真的很難做到。

Jerry
我講個故事給妳聽。我認識一個總是很快樂的人。令人驚訝的是，他在 15 歲就因為被父母虐待而逃家了。在那之後，他在人生中經歷了非常多磨難。我聽說他克服了所有困難。重點是，在他跟我說之前，我絕對不會猜到曾發生過這些事，因為他是一個如此正面的人。

Lisa	You've got a point there. All right! Now I'm a happy soul!
Jerry	You've made the right choice!

---

1. I'm telling you.: 我跟你説。（要説服別人相信自己時用的表達）
2. run away:（成年之前）逃家
3. go through: 經歷（苦難或困難等）

Lisa	你說的有道理。好了！我現在是個快樂的人！
Jerry	妳做了正確的選擇！

在這段對話中，be 是狀態動詞，get 是動作動詞，因此 be happy 可以解釋成「快樂」（的狀態），get happy 則是「變得快樂」（的動作／活動（Action/Event））。到目前為止，關於這部分請各位 Don't worry! Be Happy!

會被用來和動詞 Be 相比較，且會被當成動作動詞來使用的不是只有 Get。我們一起來看看 BECOME 這個字吧！

💬 Owen became an actor in 1999. Owen 在 1999 年成為演員。

Owen was an actor in 1999. Owen 在 1999 年時曾是演員。

第一句中的「成為演員」是一個「一次性」（one time）發生的事件，所以可以把 become 看作是動作動詞（Event/Action verbs）。但是，第二句中的「曾是演員」指的並非是一次性的事件，而是表達出於 1999 年當時所處的狀態。我們把這兩個字在對話中實際運用並比較看看吧！先從 Become 開始！

Lacey Ross, I've just found out you're teaching slum kids. I really admire you! What prompted you to teach those kids?

Ross Since I became a teacher, I've always tried hard to be a true educator. To me, education is all about spreading hope, and I wanted to **put it into practice**[1].

Lacey Dude, you're truly a beautiful person!

---

1. put ~ into practice: 付諸實踐／行動

Lacey Ross，我剛發現你在教貧民窟的孩子。我真的很欣賞你！你怎麼會想要去教那些孩子？

Ross 自從我當上老師，我一直都很努力想要成為真正的教育者。對我來說，教育的重點在於散播希望，而我想要付諸行動。

Lacey 你這傢伙真是個好人啊！

對話中的「當上老師後，一直都很努力想要成為真正的教育者」，意思是從當上老師的那一瞬間開始，就一直不斷努力的這件事，因此這是一個單一事件（因此是 Event verb）！

Jacky Is Dr. Altman your colleague?

Tim Yes, he's now the dean of the department. How do you know him?

Jacky Altman 博士是你同事嗎？

Tim 是啊，他現在是系主任。你怎麼會認識他？

Jacky	When I was a student teacher, he was my supervisor.
Tim	Oh, I see. So, what about him?
Jacky	I really want to get a teaching job in your department, so if there's an opening later, please have him consider me. I know he likes me.
Tim	Well, he never hires people through **favoritism**[1], but I'll talk to him anyway.

1. favoritism: 偏頗、偏愛（不公平地偏向自己喜歡（favorite）的某一方）

Jacky	我以前當助教的時候，他是我頂頭上司。
Tim	噢，原來如此。所以他怎麼了？
Jacky	我真的很想要在你們系上教書，所以如果之後有開缺，請讓他考慮一下我。我知道他喜歡我。
Tim	這個嘛，他從來不會因為比較喜歡誰就聘誰，但不管怎樣我會跟他說說看。

對話中的「我以前當助教的時候，他是我頂頭上司」，意思是以前（過去）我和他之間的「情況」，也就是狀態（因此是狀態動詞）！

像 put on 和 wear 或 be 和 get/become 這種動詞，因為原本就長得不一樣，就像直接在告訴我們，它們自己是狀態還是動作動詞，這點實在會讓人想說 Thank you very much!，不過問題是，有些動詞雖然長得一模一樣，但在某些句子情境中是「狀態」、在另一些句子情境中則是「動作」，像是 think、remember、have、smell、taste 等都是代表性的例子。為了表示我們的禮貌，我們還是得把這些外表長得一樣、意思卻不同的雙胞胎們給搞清楚才

行。那麼，我們就從裡面選出一個比較好解決的字來區分看看吧！稍微看了一下，就用看起來最好下手的 have 來試試吧？在大部分的句子情境之中，have 都會被用來表達擁有的「狀態」。

但它並非總會被當成「狀態動詞」來使用。舉例來說，to have a child 根據句子情境，可以表達擁有一個孩子的「狀態」，也可以表達生孩子這件事的「動作」。說到這裡，該來看看例句囉！

💬 I **have** a child now. 我現在有一個孩子。（狀態）

I **had** my first child in 1976. 我 1976 年生了我的第一個孩子。（動作）

這樣說明就非常簡單明瞭了，還有人有問題嗎？

我有問題！
像動詞 have 這種單字，
連意義都很像，
那我要怎麼知道是在說狀態，還是在說動作啊？

那個啊！光看單字是沒辦法知道的！無法知道的喔～！！！～♫不論什麼時候，都要按照句子的整體，透過句子情境來推敲出它的意思！對於學習者們來說，能夠一併學習文法和使用情境是很美好的一件事。也許你以前不知道這樣學習的樂趣在哪裡，但現在知道倒也還不遲。那麼我們來看看下一組對話，體驗一下這美妙的滋味吧！

01_08_1

01_08_2

Kyle	Have you heard about the education budget cuts?
Cathy	Yes, I have. That was pretty drastic, wasn't it? I wonder who established the new policy. I mean, does he even have children?
Kyle	I happen to know him personally. **If I'm not mistaken**[1], he has three sons, and they all study abroad.
Cathy	What? I'm speechless.

1. If I'm not mistaken, ~.: 如果我沒搞錯的話，～。

Kyle	妳聽說教育預算縮減的事了嗎？
Cathy	嗯，我聽說了。被砍了很多，不是嗎？我很好奇是誰制定這個新政策的。我的意思是，他到底有沒有孩子啊？
Kyle	我剛好認識那個人。如果我沒搞錯的話，他有三個兒子，而且他們全都在國外念書。
Cathy	什麼？我無話可說了。

在上面的對話之中，have 是「擁有」、「帶有」的意思，用來表達那個人擁有孩子的狀態。下面我們來看一下對話。

01_09_1

01_09_2

Samantha	Hey, Alex! Your son is almost as tall as your chin now!
Alex	Tell me about it! And he's so **impulsive**[1] these days!

Samantha	嘿，Alex！你兒子現在快到你下巴了！
Alex	真的！而且他最近有夠不受控！

29

Samantha	That's not uncommon for five-year-old boys. How's your wife?
Alex	She's going to have our second baby soon. She's in her third trimester▶, and **the baby is due**[2] next month.
Samantha	Congratulations on your new addition to your family!
Alex	Thanks.

1. impulsive: （易）衝動的
2. The baby is due ~: 孩子的預產期在～

▶ 在美國會將懷孕分為初、中、晚三期,並將孕期視為九個月,前三個月是 first trimester,接下來的三個月稱為 the second trimester,最後三個月稱為 the third trimester。

Samantha	五歲男孩就是那樣。你太太好嗎?
Alex	她很快要生我們的第二個孩子了。她現在到懷孕後期了,孩子的預產期在下個月。
Samantha	恭喜你們家要有新成員了!
Alex	謝謝。

與前一頁所舉的例子不同,這裡的 have 不是表達「擁有」、「帶有」的狀態動詞,而是帶有「生(孩子)」這個動作(one-time action/event)的意思。這就是我所說的用美國人的方法學文法,不是先背文法才開始照樣造句,而是完全理解句子情境和文法使用方式,這就是 Grammar-in-Context 的學習法!別的先不說,這些請你一定要學會喔!

總而言之,現在已經知道概念是什麼了,不妨多多接觸各式各樣的句子情境,來培養語感吧!這次要說的是 Think!

01_10_1

01_10_2

Jen	Do you **think** there's a shortcut to success?
Owen	Of course, there is! Working hard!
Jen	(Sarcastically) Oh, thank you for letting me know.
Owen	I was just kidding. I personally **think** there's no such thing as a shortcut, and hard work is the only key to success.
Jen	I hear you!

Jen	你認為成功有捷徑嗎？
Owen	當然有！努力啊！
Jen	（諷刺）噢，謝謝你告訴我。
Owen	我剛只是開玩笑啦。我個人認為沒有捷徑這種東西，而且努力是通往成功的唯一關鍵。
Jen	我也這樣覺得！

在對話中，Jen 和 Owen 互相分享各自的想法，而用到了 think 這個動詞，這裡的 think 的真面目其實是狀態動詞！

01_11_1

01_11_2

Daughter	Dad, I had a minor **fender bender**[1] on my way home. I think I was driving a little fast downtown.
Dad	"A little fast"? This is the third time this year! There's no excuse for that. Besides, I kept telling you driving at high speeds is dangerous!
Daughter	But Dad, it's so thrilling!

女兒	爸爸，我在回家路上發生了個小擦撞。我想我在市中心開得有點快。
爸爸	「有點快」？這已經是今年第三次了！沒什麼藉口好說的。而且，我一直都跟妳說開快車很危險！
女兒	可是爸爸，這樣很刺激啊！

Dad	Honey, you're really disappointing me. Have you talked to Mom about this?
Daughter	Not yet.
Dad	So, what are you going to do?
Daughter	...
Dad	What's wrong? **Cat got your tongue?**[2]
Daughter	**Give me a break**[3], Dad! I'm thinking now.

1. fender bender: 擦撞（fender 指的是汽車擋板，然後被 bend（彎折）了）
2. Cat got your tongue?: 對方在必須得說些什麼的情況下，卻什麼話也沒說時用的表達。
3. Give me a break.: 放過我吧。

爸爸	親愛的，妳真的讓我很失望。妳和媽媽說過這件事了嗎？
女兒	還沒。
爸爸	所以，妳打算怎麼辦？
女兒	……
爸爸	怎麼了？無話可說嗎？
女兒	放過我吧，爸爸！我現在正在想！

煩躁的女兒所說的「我現在正在想！」中的 think 是動作動詞。因為她正在進行「想」的這個動作。

那麼，讓我們來看看和 think 類型相同的動詞 remember 吧？

Josh	Do you remember Lucy, who was our classmate in high school?
Rebecca	Sure, I do. You're talking about the girl who had dimples in her cheeks, right?
Josh	Yup.
Rebecca	I still remember she used to **wrinkle up**[1] her nose at me. Geez, it's already been ten years. So, what about her?
Josh	She became a weather forecaster at the national broadcasting station. I saw her on TV last night.
Rebecca	Wow, good for her! I knew she would do something with her life.

1. wrinkle up: 使起皺紋

Josh	妳還記得我們高中的同班同學 Lucy 嗎？
Rebecca	我當然記得。你是在說那個臉頰上有酒窩的女生，對嗎？
Josh	沒錯。
Rebecca	我還記得她以前常常對我皺著鼻子。天啊，已經過了十年。所以，她怎麼了？
Josh	她變成全國性電視台的氣象預報員了。我昨晚在電視上看到她了。
Rebecca	哇，她好棒！我就知道她會有成就的。

在上面的對話之中，remember 表達的是記憶中的「狀態」。但是，和 think 一樣，remember 也可以用來表達一次性的動作。在我大學的時候，非常紅的香港歌手黎明有一首歌唱得很棒，叫做《Try to remember》，推薦可以聽個一小節看看。在 YouTube 上查詢的話，可以一併找到這首歌和歌詞。

去聽這首歌了嗎？在各位聽到的歌詞之中，remember 是動作動詞！這裡的 remember 的意思是「回憶」，表達的是「一次性的動作」！

除了 think 或 remember 這些與思考有關的動詞，與感覺相關的動詞也會有類似的使用方式。讓我們一起來看看吧？

01_13_1

01_13_2

Paula	(Sniffing) Hey, can you smell this?
Eric	Smell what?
Paula	This **pungent**[1] smell! I think somebody is making Kimchi or something.
Eric	Why don't you give your nose a break and smell these flowers?
Paula	No, but thanks. I'm allergic to flowers. I would rather smell something horrible than **sneeze my brains out**[2].

1. pungent：（氣味等）刺鼻的、辛辣的
2. sneeze one's brains out：嚴重打噴嚏（打噴嚏打到把腦子噴出去的程度）

Paula	（嗅聞）嘿，你有聞到嗎？
Eric	聞到什麼？
Paula	這個刺鼻的味道啊！我覺得有人正在做泡菜之類的東西。
Eric	妳要不要放過妳的鼻子來聞聞這些花？
Paula	謝謝，但不了。我對花過敏。我寧願聞恐怖的味道，也不要打噴嚏打到把我的腦子噴出來。

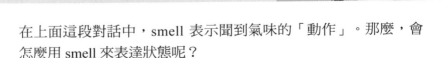

在上面這段對話中，smell 表示聞到氣味的「動作」。那麼，會怎麼用 smell 來表達狀態呢？

01_14_1

Steve	Those dishes smell really yummy.
Paul	Thanks, but they're not home-made. All I did was microwave pre-cooked frozen food. Would you care for some?
Steve	Sure! Whatever they are, they look really tasty.
Paul	**Ladle**[1] some into your plate and help yourself!

01_14_2

---

1. ladle: 用湯勺／勺子盛裝

Steve	那些菜聞起來真香。
Paul	謝謝，不過那些不是我做的。我只是把預煮好的冷凍食品拿去微波而已。你想吃一點嗎？
Steve	好啊！不管它們是什麼，看起來都真的很好吃。
Paul	盛一點進你的盤子裡吧，不用客氣！

在這段對話中，smell 被用來描述「發出氣味的狀態」。不只是 smell，其他與感覺有關的動詞（look、taste、sound、feel 等）也全都可以做為動作動詞或狀態動詞來用。讓我們把它們全都放進同一段對話裡，打造出很有感的動詞派對吧！

01_15_1

01_15_2

Daughter	Mom, I'm home!
Mom	You're **grinning from ear to ear**[1]. Is there something going on?

女兒	媽，我回來了！
媽媽	妳笑得嘴巴都咧到耳朵了。有什麼好事發生嗎？

Daughter	Guess what? I've got straight A's for the first time in my life!
Mom	Good job, honey! Congratulations! So how does it feel to get straight A's?
Daughter	It feels **fantabulous**[2], but I don't want to make a big deal out of it.
Mom	Got it! Oh, if you haven't had dinner yet, why don't you try some Japchae and Kimchi?
Daughter	Mom, **that is music to my ears!**[3] Hmm... Delicious smells are **wafting**[4] from the kitchen.
Mom	Come on and **look at** this!
Daughter	Oh, my God, it looks so yummy!
Mom	It tastes even better than it looks.
Daughter	Can I **taste** it now?
Mom	Of course! Let me bring you some fried rice as well.
Daughter	That sounds great! Thanks, Mom!

1. grin from ear to ear: 咧嘴笑咪咪的
2. fantabulous: 結合 fantastic（很棒的）和 fabulous
   （令人驚嘆的）的新字。
3. That is music to my ears!: 我想聽到的就是這個！
4. waft:（聲音／氣味等）飄盪

女兒	妳知道嗎？我人生當中第一次拿到了全 A！
媽媽	幹得好，親愛的！恭喜！所以拿到全 A 的感覺怎麼樣？
女兒	感覺超棒的啊，但我沒有想要小題大作的意思。

媽媽	了解！噢，如果妳還沒吃晚餐的話，要不要吃一點雜菜和泡菜？
女兒	媽，我想聽到的就是這個！嗯……從廚房裡飄出了好吃的味道。
媽媽	過來看看這個！
女兒	噢，我的天啊，看起來超好吃！
媽媽	吃起來更好吃。
女兒	我現在可以吃嗎？
媽媽	當然可以！我也拿點炒飯給妳。
女兒	太棒了！謝謝媽媽！

各位有沒有發現，在這段對話裡出現的那些紅色的字中，「字體比較細的是狀態動詞、較粗的則是動作動詞」的這件事呢？

用一句話來總結這一章的話，那就是：「學習動詞時，與其先死記它是狀態動詞還是動作動詞，倒不如去了解使用這個動詞的前後句子情境，以分辨這個動詞表達的是狀態（state）還是動作（action/event）。」像這樣正確理解**在不同句子情境下的用法**，當你在日常生活中遇到類似的情境時，就可以立刻派上用場囉！

CHAPTER

2

動詞變身有理！
（根據句子情境發生變化的動
詞：不及物動詞與及物動詞）

TRANSITIVE VERBS
VS.
INTRANSITIVE VERBS

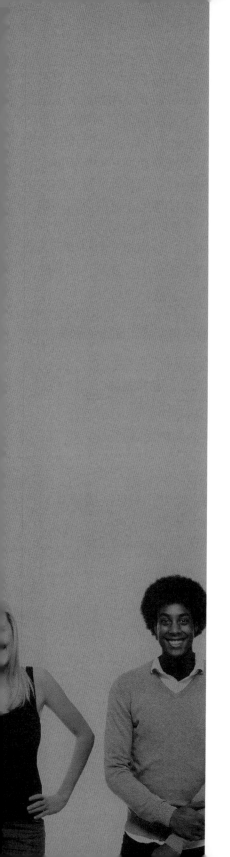

在 Chapter1 中，可以看出動作動詞和狀態動詞的區分，與該動詞的意義及句子情境息息相關。這一章要分辨的是不及物動詞和及物動詞，也會學到與不及物動詞和及物動詞相關的文法內容。在名詞篇學習名詞時，我們學到了名詞可分為一般名詞、集合名詞、具體名詞、抽象名詞等，且隨著名詞種類的不同，所搭配的冠詞或動詞也會不同。這就像不同口味的披薩，放的配料也會不同，我們的動詞披薩也是有不同口味的，所以會用到的文法要素也會隨之不同喔！

我從國中就開始學英文，每學一個動詞，我的老師就一定會要求我記住它是 VT（Verb Transitive：Transitive Verb 及物動詞）還是 VI（Verb Intransitive：Intransitive Verb 不及物動詞）。但我可不是那種「不管怎樣就全都背下來」的好學生，而是會問「為什麼？」的那種學生，我的老師那時說：「及物動詞必須有受詞，而不及物動詞就不用有受詞，所以會出現在這兩種動詞後面的文法要素也會不一樣，必須先知道這些，才能選出正確的動詞、說出正確的句子。」但我還是繼續追問：「那不及物動詞後面就一定不會有受詞嗎？」這時我的老師回答：「沒錯！不會有受詞，不過要是它後面先接介系詞的話，也有可能會出現受詞。因為除了動詞之外，介系詞後面也能接受詞！」

那麼，現在將我當初和老師的對話，簡單整理成下面這個圖表。

不及物動詞	及物動詞
後面不加受詞 或是不能接受詞的動詞！ e.g. jog（慢跑）、work（工作）、sleep（睡覺）、come（來）、go（去），listen（聆聽）、look（注視）、grin（露齒笑）	後面加受詞 或是必須接受詞的動詞！ e.g. give（給予）、get（獲得）、have（擁有）、obtain（獲得）、receive（接收）

這裡有個重點，在不及物動詞的後面，也有可能會出現後面能接受詞的介系詞，而這裡出現的受詞其實是介系詞的受詞，所以受詞當然可以出現在後面！

💬 I'm listening **to** music.（比較：Can I hear some music? —及物動詞）

I'm looking **at** you.（比較：I saw you. —及物動詞）

這時用來決定是否要加上介系詞的關鍵，就在於這個動詞究竟是不及物還是及物動詞。其實，我們已經在【名詞篇】中的Chapter 8 介紹過更簡單明瞭的判斷方法，所以我希望各位能先去看看那一章，我就在這裡等你喔！

那麼，這邊你們最想知道的，應該就是要如何在沒有腸胃藥的狀態下把這些知識好好消化吸收吧！

完全不管為什麼就照單全收的把「＿＿ 就是不及物動詞！」、「＿＿ 就是及物動詞！」背下來，難道就很厲害嗎？就算有人說，無知的背誦是所有學問的基礎，但是用這麼無知的方法，不就等於不想真正了解動詞嗎？

下面這個問題，就是為了讓你思考而提出的問題之一！動詞 run 是不及物還是及物動詞？聽聽下一頁的對話來想想看吧！

02_01_1

02_01_2

Candace	Oh, my gosh! I've gained about 10 pounds ▸ over the last month!
Brittany	Why don't you try to run on a daily basis?
Candace	I do run every day, but I don't seem to lose weight.
Brittany	How long do you usually run? If I'm not mistaken, you burn about 70 calories per mile running.
Candace	Then, if I run 10 miles each morning, can I lose 20 pounds within a week?
Brittany	Well, I don't know about that, but in order to cut down your weight, make sure you run at least one or two miles a day.

Candace	噢，天哪！我上個月大概胖了 10 磅！
Brittany	妳要不要試著每天去跑步？
Candace	我有每天去跑步，但我好像沒瘦。
Brittany	妳通常跑多長距離？如果我沒搞錯的話，妳每跑一英里大概可以燃燒 70 大卡。
Candace	那如果我每天早上都跑 10 英里，我一週內可以減掉 20 磅嗎？
Brittany	嗯，這我不清楚，但妳要減肥的話，一天一定都至少要跑個一、兩英里。

run 是不及物動詞嗎？還是及物動詞呢？正確答案是，帶有「跑步」意思的 run 是不及物動詞，但也可以當作及物動詞！It all depends on context! 嘿，又是這樣嗎？在 Candace 和 Brittany 的對話中，前三個 run 是沒有受詞的不及物動詞，但意義相同的第四和第五個 run，後面卻可以加受詞！你看對話這

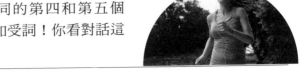

▸ 美國的重量單位主要用磅（pound）而不是公斤（kilogram），且距離單位也不是公尺（meter），而是用英里（mile）。一磅約為 0.45 公斤，一英里則等於 1609 公尺左右。

42

裡不就加上了做為受詞的 10 miles 和 one or two miles 嗎？

總之，在這個情境中「跑／奔跑（多長時間的距離）」中的「多長時間的距離」可以成為 run 的受詞。因此，帶有相似意思（也就是有跑或奔跑含意）的動詞，隨著句子情境的不同，而可以是不及物或及物動詞，這就是英文動詞的真面目。

因此，如果只是盲目把不及物和及物動詞背下來，用這種方式學文法當然對於進行會話毫無幫助。我一直強調的以 Grammar-in-Use 和 Grammar-in-Context 為核心的學習法，一樣也能用來學不及物與及物動詞！一邊聽各種對話，一邊理解在某些句子情境中是如何使用這些動詞的，培養直覺並熟悉使用方法，就算不知道不及物動詞、及物動詞這些專有名詞也沒關係，只要好好感受就行了！那麼，就讓我們來繼續培養一下被稱為「文法直覺」的那種感覺吧！Develop your intuition!

Speaking of which（說到這個），我們也來看看 run 這個動詞的另一個意思吧！

02_02_1

| Harry | Hey, John! Where are you running to? |
| John | Hi, Harry! I'm on my way to the departmental office of Second and Foreign Language Education. I'm trying to apply to their Ph.D. program. |

02_02_2

| Harry | 嘿，John！你要去哪裡？ |
| John | 嗨，Harry！我現在正要去第二及外語教育系的系辦。我想申請看看他們的博士學程。 |

Harry	Oh, haven't you heard that the College of Education closed down the program?
John	What? What happened?
Harry	As you might already know, the department had a lot of problems, and it **imploded**[1].
John	I can't believe it! According to Dr. Kott, it was one of the best programs in this field when Dr. Jenks was running it.
Harry	**I feel you!**[2] I was also very stunned at the news when I first heard about it. However, the dean says the College of Education will re-offer the program **within reason**[3].

1. implode:（組織或系統等）崩潰、瓦解
2. I feel you!: 我懂你的意思！
3. within reason: 合情合理；有道理

Harry	噢，你沒聽說教育學院停開那個學程了嗎？
John	什麼？發生什麼事了？
Harry	就像你可能已經知道的那樣，那個系裡有很多問題，然後就爆了。
John	真不敢相信有這種事！Kott 博士說，這個學程在 Jenks 博士在帶的時候，是這個領域裡最好的學程之一。
Harry	我懂你的意思！我第一開始聽到這件事的時候也很震驚。不過，院長說教育學院會在適當時機重開這個學程。

在 Harry 說的第一句話裡的 run 是「跑／奔跑」的意思（但不是像前一段對話裡 Candace 和 Brittany 所指的那樣跑了某段距離），這裡的 run 也是要利用介系詞（to）幫忙的不及物動詞，不過沒有加上對應「哪裡（Where）」這個字的受詞。但在 John

說的最後一句話中的 run，後面接的不是距離，而是 it（=the program）這個受詞。

應該不會有人認為這裡的 run 是「跑」的意思吧？這時的 run 是「營運、經營、管理」的意思，理所當然就會是及物動詞，畢竟要營運的話，當然就得知道要營運的對象是什麼才行啊！

我有問題！
在對話中，Harry 說的第一句話（Where are you running to?）能不能沒有介系詞 to，
寫成「Where are you running?」呢？
我知道這裡加上 to 的話意思就會更明確，
不過我還是很好奇，
如果不加 to 的話，文法是不是就錯了呢？

哇～能提出這麼一針見血的問題，我覺得你的英文語感真的很棒耶！雖然在文法上 Where are you running? 的確是個很完美的句子，不過，若在這邊把 Where are you running to? 裡用得恰如其分的 to 刪掉，那這個句子的意思就會改變，在句意改變的情形下，如果把它放在剛才那段對話之中，那這裡的文法就錯了。這也就是我所說的「以 Grammar-in-Context 為核心」的文法學習法，你們應該都聽到耳朵長繭了吧！那麼，去掉 to 的這個句子，會在哪些情境中使用呢？請看下面這段對話！

02_03_1

02_03_2

Rachel	I'm on a diet to get rid of these **love handles**[1]. I'm running five miles each morning.
Lisa	Where are you running? You live in the center of downtown Seoul, and it's not the best place to run.
Rachel	Oh, I'm running at the gym close to my office.

---

1. love handles: 腰間贅肉（游泳圈）

Rachel	我正在節食來擺脫這些游泳圈。我打算每天早上都去跑個五英里。
Lisa	妳要在哪裡跑？妳住在首爾市中心，那裡可不是跑步的最佳地點。
Rachel	噢，我打算在我辦公室附近的健身房裡跑。

喔吼～所以因為把 to 去掉了，意思就從「要去哪裡？」變成了「要在哪裡跑？」的意思囉！在英文裡「加 to」和「不加 to」的意思完全不同啊！

現在讓我們再把重點拉回到「動詞」來，看看同樣一個動詞，在某個句子情境中是不及物動詞，而在另一個句子情境中則是及物動詞的各種情況吧！剛剛才跑完，現在用走的怎麼樣？Walk!

02_04_1

02_04_2

Tammy Geez, my car is **acting up**[1] again. I need to take it to the mechanic.

Amy How are you going to commute to work then? I heard the city buses are on a strike now.

Tammy You know what pisses me off? Whenever the buses are on a strike, my car breaks down.

Amy That's what they call "Murphy's Law".

Tammy In any case, I will just have to walk to work until my car gets repaired.

Amy Isn't it a little too far to walk? I mean, is it even within walking distance?

Tammy Not really. It takes about 40 minutes to walk from my house to my work place.

Amy Poor thing! I wish I could give you a ride every single day.

---

1. act up:（機器等）無法正常運作

Tammy　真是的，我的車子又鬧脾氣了！我得把它送修。
Amy　　那妳打算要怎麼上下班啊？我聽說市內公車現在正在罷工。
Tammy　妳知道我在氣什麼嗎？每次公車一罷工，我的車子就壞了。
Amy　　這就是大家說的「莫非定律」。
Tammy　不管怎樣，反正我到車子修好為止都得走路上班了。
Amy　　用走的不會有點太遠了嗎？我是說，那還算是走路能到的距離嗎？
Tammy　其實不算。從我家走到公司大概要花 40 分鐘。
Amy　　太慘了！要是我能每天去載妳就好了。

Tammy   Thanks. But, **on the up side**[2], this could be my chance to get rid of my **muffin top**[3]. These days, it puffs over the top of my jeans, and I can't stand it. I hope brisk walking will help me to control my weight.

Amy   I like your positive attitude to life. When life gives you lemons, you seem to know how to make lemonade. ▸

2. on the up side: （在不好的情況下）往好處想
3. muffin top: 從緊繃的褲子上緣擠出來的肥肉（游泳圈）

▸ When life gives you lemons, make lemonade.
（人生給你檸檬的時候，那就做檸檬汁吧！）
這裡酸澀的檸檬代表不好的環境，而甜美涼爽的檸檬汁，則是指在糟糕環境下也不抱怨所能得到的好結果，或是這種不抱怨的積極態度。

Tammy   謝了。不過往好處想，這可能是我擺脫游泳圈的機會。最近肥肉都從牛仔褲上緣擠出來了，實在令人無法忍受。我希望快走有助於我控制體重。

Amy   我喜歡妳對人生的積極態度。看來當人生給妳檸檬的時候，妳知道要怎麼用它做檸檬汁。

在上面這個對話中，所有的 walk 都沒有接受詞。那麼，walk 只是單純的不及物動詞嗎？噢～其實不是的～！如果只遇到過一種句子情境，然後就認為自己已經能夠判斷出這個動詞的真面目，那簡直就是見樹不見林啊！這個答案等先看過其他使用情境後再回答也不遲。再來看一種句子情境吧！

02_05_1

02_05_2

Greg	My roommate pampers his dog outrageously, and it's just completely over the top.
Mira	Is that a fact? Knowing how **grumpy**[1] he is with everyone, it's rather stunning.
Greg	Isn't it? He walks his dog three times a day, and he hires a **pet-sitter**[2] when he goes out. On top of that, he buys luxury pet supplies every payday.
Mira	Wow, it must be a blessing to live as his dog.
Greg	In any case, whatever he does with his dog is none of my business, but the real problem is, because he's so crazy about the dog, I have to put up with listening to it bark day and night.
Mira	Why don't you **talk it out**[3] with your roommate? Don't just **stew**[4] about it.
Greg	Yeah, I think I'll have to.

1. grumpy: 脾氣壞的;脾氣暴躁的
2. pet-sitter: 主人不在家時幫忙照顧寵物的人
   （cf. baby-sitter: 父母不在家時幫忙照顧孩子的人）
3. talk it out: 透過對話來解決問題
4. stew: 燉煮（食物等）;悶在心裡;焦急不安

Greg	我室友寵他的狗寵到喪心病狂,真的完全太超過了。
Mira	真的嗎?在知道他有多愛跟大家發脾氣後,這滿讓人驚訝的。
Greg	是不是?他一天遛三次狗,出門的時候還會請人來顧狗。不只這樣,他每到發薪水的日子,就會買很奢華的寵物用品。
Mira	哇,當他的狗一定很幸福。
Greg	不管怎樣,他要怎麼對他的狗都不關我的事,真正的問題是,因為他對那隻狗那麼瘋狂,結果我一整天都得忍受聽牠在吠。
Mira	你要不要和你室友談談這件事?不要只是悶在心裡。
Greg	是啊,我覺得我得和他談談。

I'M **TELLING** YOU!
DRUNK DRIVING IS NOT
A VICTIMLESS CRIME.

在這次的對話裡，walk 是「帶～去散步」的意思，所以後面會加受詞。在這種句子情境下，walk 可以當成及物動詞來用！就是這樣，在接觸各種句子情境之前，不要先下定論說這個動詞一定是及物還是不及物，這點一定要謹記在心，不要重蹈覆轍囉！讓我們再一次透過不同使用情境來學習吧！Tell me if tell is 不及物動詞 or 及物動詞。

02_06_1

02_06_2

Katie	So what happened to Mr. Johnson? Please tell me all about it!
Cathy	To make a long story short, he became a victim of a **hit-and-run accident**[1]. His car was totaled[2], but fortunately, he didn't get seriously injured.
Katie	What a relief! Did the police catch the hit-and-run driver?
Cathy	Nope. All they know is the driver was **flat-out**[3] drunk at the time of the accident.
Katie	I'm telling you! Drunk driving is not a victimless crime.

---

1. hit-and-run (accident): 肇事逃逸
2. be totaled: （車子）全毀
3. flat-out: 完全地

Katie	所以 Johnson 先生是發生什麼事了？請把事情原委都告訴我吧！
Cathy	簡單來說，他成了肇事逃逸的受害者。車子全毀，不過幸好他傷得不嚴重。
Katie	噢幸好！警察有抓到那個肇事逃逸的駕駛了嗎？
Cathy	沒有。他們只知道在發生事故的當下，那個駕駛完全喝醉了。
Katie	我告訴妳，酒駕才不是沒有受害者的犯罪呢！

在上面的對話中，tell 從頭到尾都用作及物動詞，所以後面都有受詞（me/you），這麼說來，tell 的真面目真的是及物動詞嗎？

51

James　Larry says he caught Barbara stealing the money, but I don't think that's true. Do you think he's lying?

Jerry　Well, I can't tell, but obviously his story doesn't **add up**[1], so I want to **give her the benefit of the doubt**[2].

---

1. add up: 前後一致；合理（＝make sense）
2. give ~ the benefit of the doubt:（因為無法證明罪行）給予無罪推定

James　Larry 說他抓到 Barbara 在偷錢，但我不覺得那是真的。你覺得他在說謊嗎？

Jerry　這個嘛，我不太清楚，但很明顯他的說法兜不起來，所以我想先相信她沒有這樣做。

在 Jerry 說的句子裡，I can't tell 就是 I don't know 的意思，因此在這類句子情境中，tell 也可能會是不及物動詞！

這次讓我們聽聽看 hear 到底是不及物還是及物動詞吧！

Eric　(on the phone) Hello! Hello? Can you hear me?

Nick　No, I can't hear you very well. The **phone reception**[1] is pretty bad. Can I call you back?

Eric　Excuse me? I can barely hear you.

Nick　I said, "I'll call you back."

---

1. phone reception: 電話的收訊狀態

Eric	（電話中）哈囉！哈囉？你聽得到我說話嗎？
Nick	聽不到，我聽不清楚。訊號很差。我能再打給你嗎？
Eric	什麼？我聽不清楚。
Nick	我說，我會再打給你。

就像 Katie 和 Cathy 在 tell 那邊的對話，這裡的 hear 也是後面接了受詞 me 和 you 的及物動詞！但是這樣就能斷定 hear 是及物動詞了嗎？在下一段對話中，hear 的真面目又是什麼呢？

02_09_1

02_09_2

Anderson	Have you heard about the fire at the courthouse?
Nicholas	No way! Did anyone get hurt?
Anderson	There were no casualties[1], but much of the interior of the building was destroyed by the fire.
Nicholas	So, what does the state government say?
Anderson	They're asking for some donations to help repair the building. If you're willing and able, you can make a donation.
Nicholas	Where's our tax money? Did it go up in flames?

---

1. casualty:（事故等的）傷亡人員

Anderson	你有聽說法院發生火災的事了嗎？
Nicholas	真假！有人受傷嗎？
Anderson	沒有人傷亡，不過大樓內部很多地方都被燒掉了。
Nicholas	那州政府有說什麼嗎？
Anderson	他們正在募款說要幫忙修復大樓。如果你願意又有能力的話，你可以捐款。
Nicholas	我們繳的稅去哪裡了？燒掉了嗎？

In conclusion（總之），當 hear 是「聽（聲音）」這個意思時，就是可以加受詞的及物動詞！（e.g. Can you **hear** me?：你聽得到我說話嗎？、Can you **hear** this music?：你聽得到這個音樂嗎？）不過，當 hear 被用來表達「聽到（消息或新聞等）」的意思時，就是必須先加上介系詞 about 才能接受詞的不及物動詞！（e.g. Did you **hear about** the gossip?：你聽到那個八卦的事了嗎？）

除了 hear 以外，會依照句子情境不同，而隨之變換成不及物或及物動詞的例子比比皆是。在這些動詞裡，我們挑個好懂的 ask 來看看實際會怎麼用吧！請把重點放在把 ask 當及物動詞（ask）或當不及物動詞（ask for）使用時所造成的意義上的不同，一起來聽聽下面的各種對話吧！

02_10_1

Amanda Can I ask a question?

Laurel Of course, honey! You can ask as many questions as you want.

02_10_2

Amanda Thanks. Could you please explain the recipe again? I followed all your instructions, but it didn't turn out good. Here are the notes I took, listening to you.

Laurel Let me see. Oh, I got it! This recipe **calls for**[1] water, not milk. Did I tell you to add milk?

Amanda No, you didn't. I just thought milk would add more flavor to it.

Laurel You're right about that, but milk tends to make things taste heavier; I think that was it.

Amanda Thanks a bunch! You're **sharp as a tack!**[2] Can you explain how to make pasta as well?

1. call for: 要求（＝require）
2. sharp as a tack: 非常敏銳（tack：圖釘）

Amanda	我可以問一個問題嗎？
Laurel	當然，親愛的！妳想問多少問題都可以。
Amanda	謝謝。可以再請妳說明一次這份食譜嗎？我照妳說的所有步驟做了，但還是不好吃。這是我一邊聽妳說明一邊做的筆記。
Laurel	讓我看看。噢，我知道了！這個食譜要用水，不是牛奶。我是跟妳說要加牛奶嗎？
Amanda	不是，妳沒有這樣說。我只是以為牛奶可以增添風味。
Laurel	是這樣沒錯，但牛奶容易讓東西吃起來味道比較重，我覺得原因就是這個。
Amanda	非常謝謝妳！妳真的好敏銳！妳還可以告訴我要怎麼做義大利麵嗎？

02_11_1

02_11_2

Lenora I'm never going to go to Frenchtown again!

Kimberly Did something happen?

Lenora While I was taking a walk there yesterday, some old woman stopped me and asked for some money. Since I didn't have any cash with me, I gave her a tuna fish sandwich that was supposed to be my lunch.

Kimberly She must have really appreciated it.

Lenora Not really. Instead of appreciating it, she **flew into a rage**[1] and said, "I didn't ask for food! I asked for money!"

1. fly into a rage: 勃然大怒

55

Lenora	我絕對不會再去 Frenchtown 了！
Kimberly	發生什麼事了嗎？
Lenora	我昨天在那裡散步的時候，有個老女人把我攔下來跟我要錢。因為我身上沒現金，所以我把原來要當午餐的鮪魚三明治給了她。
Kimberly	她一定很感謝妳吧。
Lenora	沒有。她不但不感謝，還勃然大怒地說：「我要的不是食物！我要錢！」

Kimberly   Such **impudence!**[2] So did you ask for help?

Lenora   I didn't need to because when a **passer-by**[3] approached us, she just walked away.

Kimberly   What a relief! You never know what a person like her is going to do to you.

Lenora   In any case, I heard things **are looking up**[4] in Frenchtown these days, but everything seems to take time.

> 2. impudence: 不要臉、厚臉皮
> 3. passer-by: 路人
> 4. be looking up: 好轉

Kimberly	這麼不要臉！所以妳有找人幫忙嗎？
Lenora	我不需要，因為當有路人接近我們的時候，她就走開了。
Kimberly	真是還好！妳永遠不知道像她這種人會對妳做什麼。
Lenora	不管怎樣，我聽說 Frenchtown 最近情況有越來越好，但似乎一切都還需要時間。

你可能已經發現了，當作「問問題」的意思來用時是 **ask a question**，當作「要求～」的時候，則是 **ask for** money/food/water/help，請不要忘記囉！

我有問題！

現在說到的 ask 和 ask for，在情境不同時，中文意義就完全不同了，這樣當然可以輕鬆理解 ask 和 ask for 的差異，但如果是像 prepare 這個動詞，翻成中文的話，prepare 和 prepare for 都是「準備」啊！那這兩個詞的用法有什麼不同呢？

又是一個尖銳的問題！You are sharp as a tack! prepare 和 prepare for 這兩種表達方式都符合文法，而且意思也非常相近。那麼，加了 for 或不加的使用情境有什麼差異，就是我們必須特別注意的地方了。因為根據句子情境，prepare 可以當不及物動詞，但也可以當及物動詞。prepare 當及物動詞時是「準備～」的意思，做為不及物動詞的 prepare for 則是「為～做準備」的意思，為了明確了解這兩者的差異，讓我們來舉例說明，老師準備考試的時候是 prepare a test，學生為了參加考試而做準備時，則要用 prepare **for** the test！

02_12_1

Professor Everyone, I am preparing a rather difficult exam, so **keep yourselves on your toes**[1] and prepare for the exam.

Student Dr. Altman, how can we prepare for the exam?

02_12_2

Professor Just review your notes that you took in class. Pay particular attention to Krashen's Monitor Hypothesis.

---

1. keep oneself on one's toes: 強迫某人打起精神來應對某事

教授　各位，我正在準備的這次考試比較難一點，因此你們要打起精神來為考試做準備。

學生　Altman 教授，我們要怎麼準備這場考試呢？

教授　只要複習你們的上課筆記就好。特別要注意 Krashen 的語言監控假說。

我怕各位可能還會有不清楚的地方，所以準備了更多不同的對話，來幫助各位更了解 prepare 和 prepare for 的用法。

Prepare

Molly This Saturday is Brent's birthday, and we're planning a surprise party for him. I'll prepare a fancy cake.

Desiree I'll prepare some nacho chips and salsa dip.

Molly Then, who's going to prepare drinks?

Desiree I believe Ah-young can do that.

Molly **Cool beans!**[1]

1. Cool beans!: 太棒了！

Molly 這星期六是 Brent 的生日，所以我們打算為他辦一個驚喜派對。我會準備一個很棒的蛋糕。

Desiree 我會準備一些墨西哥玉米脆片和莎莎醬（用來沾玉米片吃的一種墨西哥風味醬料）。

Molly 那麼，誰要去準備飲料？

Desiree 我想 Ah-young 能去準備。

Molly 太棒了！

Prepare for

Brad I heard that Mr. Provencher is preparing for the upcoming election.

Jessica Is that a fact?
Is his **approval rating**[1] high?

Brad	I suppose so. He's well-liked by pretty much everyone. I think it's because he's a **resourceful**[2] leader.
Jessica	By the way, are you preparing for your retirement?
Brad	I'm just going to rely on Social Security benefits. Unfortunately, there's no **backup plan**[3].

1. approval rating: 支持率
2. resourceful: 足智多謀而能迅速應對危機的
3. backup plan: 備案

Brad	我聽說 Provencher 先生正在為即將到來的選舉做準備。
Jessica	真的嗎？他的支持率高嗎？
Brad	我想是滿高的。幾乎所有人都喜歡他。我覺得這是因為他是個很有辦法的領導者。
Jessica	對了，你有在為退休做準備嗎？
Brad	我就打算要靠社會安全津貼而已。不幸我沒有其他備案了。

我們之所以要學習某個動詞到底是不及物還是及物，是因為我們如果要寫出正確的句子，就必須先知道要如何根據不同的句子情境，使用相對應的文法要素。

但老實說，我在當學生的時候，碰到的問題與其說是不知道那是不及物還是及物動詞，倒不如說是我的字彙力不足。然而，問題在於有很多學生認為自己「字彙力很強」，卻也還是不能正確使用那些字彙。「字彙力強」所指的不是只有知道字彙的意思，**而是要知道如何把這些字彙用在句子之中，並能夠隨著句子情境的不同而改以不同的方式來使用這些字彙。**

動詞在英文字彙中占了相當大的部分，因此若能掌握其使用方法，並了解個別動詞是不及物還是及物動詞，那的確對於理解文法結構非常有幫助。然而，如果能夠單憑直覺就知道要如何使用的話，那麼說實話，知不知道這種文法概念都無所謂了，因為這些概念其實也只是一些書本文字罷了。那麼，要怎麼做才能培養出這種直覺呢？終究必須回歸到多讀、多聽、多用這些字彙，自然就會一點一點培養出這種「直覺」了。

為什麼我不直接提出一個簡單好用的辦法給大家？為什麼我又總是要求大家要有耐心？這是因為，如果我們要真正內化這種文法知識，那就必須透過「習得」才能達成，且唯有「習得」才能夠讓我們掌握「用字遣詞」的方法，而習得的必經過程就是要大量閱讀、聆聽並開口說。「學問的養成沒有捷徑」這句話，在習得英文上也是適用的。

對學習英文有幫助的
外語學習理論 1
如果不檢查自己學的英文，會發生什麼狀況？
（僵化現象：Fossilization）

　　我在【名詞篇】中曾說過，為了要讓自己養成使用正確文法的習慣，不斷檢查自己所使用的英文是非常重要的。儘管如此，還是有非常多人仍然只是把單字或慣用表達記下來，怎麼都不願意好好檢查自己所使用的英文。和需要不斷自我檢查與磨練、以 Grammar-in-Use 為核心的學習方式相比，完全不思考、單純把單字和表達硬背下來的這種學習方法當然會比較輕鬆。這種學到一半就放棄檢查、只想輕鬆學英文的懶惰心態，我其實也完全能理解。不過，如果自己認為英文就是一個背誦學科，所以只要盲目背誦就能學好，那可是絕對行不通的！比起針對那些一邊進行檢查、一邊努力用功地腳踏實地的人，我更想把重點放在說服那些不願意檢查自己的英文、只想單純把東西背下來的人。為了達成這個目標，我有一個一定要告訴這些人的故事。

　　提問：如果不檢查自己學的英文，會發生什麼狀況？

　　有一個叫「萬得」的人，他在美軍部隊駐紮的某個村莊裡學英文。他在學了幾個月後，發現自己可以用那有限的英文和美國軍人們在一定程度上溝通後，他就覺得自己真的是太厲害了，不但自信滿滿地向人炫耀，而且在學到「英文動詞的過去式是原形動詞加 -ed」後，就沒有再繼續學下去了。他還在美軍部隊的門口開了一家叫做「雪亮」的餐廳……半瓶水響叮噹的萬得，對著

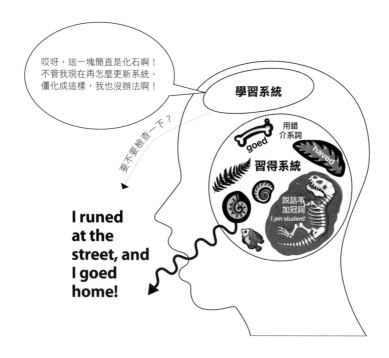

哎呀，這一塊簡直是化石啊！
不管我現在再怎麼更新系統，
僵化成這樣，我也沒辦法啊！

學習系統

要不要檢查一下？

用錯
介系詞

goed

haved

習得系統

說話不
加冠詞
I am student!

I runed
at the
street, and
I goed
home!

來吃飯的美軍們，把他會的英文一股腦地全都用上。不過，因為他還沒學到過去式動詞的不規則變化，所以他就把所有動詞的過去式都當成是「原形動詞加上 -ed」，然後說出了"I goed to school!"、"Oh, I haved a beautiful girlfriend!"、「我的 English 很固得、固得（good）喔！」之類的句子，連動詞的不規則變化都沒學到，就不管三七二十一地套用，像這樣學文法實在很要不得，而且在這種情形下，萬得的學習系統完全無法啟動！而忙碌的美軍們完全沒想糾正他的錯誤，大家吃個飯、啃個麵包後就馬上走人了。一來，他們認為不管文法對不對，聽起來意思大致可以通，就沒有必要特別去糾正。二來，他們覺得自己也不是什麼英文老師、也不是什麼考過托福的碩博士生，也沒有什麼證照，就只是個普通美國人，沒什麼資格可以糾正別人，因此，萬得的 broken English 根本就 none of their business！

在歲月流逝中過了幾年，有一個叫做泰勒的人，在美國拿到 TESOL 博士學位後，抱持著夢想前來。他就是那個能夠對萬得說「go 的過去式不是 goed，而是 went」並糾正他文法錯誤的人。過去從來都沒有人發現，不，甚至連萬得自己都沒發現「萬得式英文」的存在！（他的英文能力難道不是無敵的嗎？）不管怎麼樣，遭受打擊的萬得，當晚回家後就馬上翻開他唯一一本文法書《Saint Moon 基礎英文法》的過去式動詞

NO

Fossilization

篇，這才終於明白……原來在英文的過去式動詞裡，也有像 had、went、ran、came 之類的「不規則變化」！

哎呀！哎呀！這可怎麼辦啊！可惜的是，萬得在連續使用「過去式一律就是原形動詞＋ed」這個文法公式好幾年後，這公式已經被根深蒂固地存在了他的習得系統裡，牢牢地待在了那裡。還不只如此，即使他已經知道那些用法是錯的，但還是會不自覺地說出 I haved...、I goed...！曾經有個鬼想要嚇萬得，躲在廁所裡問：「萬～得啊！萬～得啊！你為～什麼哭？」這時萬得就說：「嗚嗚～我嘴巴說的和腦袋想的不一樣啊！」

萬得現在的這種狀態，在學術界被稱為「僵化現象（fossilization）」或「石化現象」。具體來說就是萬得的習得系統現在正在僵化，尤其是關於過去式動詞的不規則變化這部分！

Fossilization 是什麼？Fossilize 是英文「僵化」的意思，而外語學習理論上的 Fossilization（僵化現象／石化現象），意指由於使用時間過長，錯誤的英文表達或文法結構，已在學習者的語言系統裡僵化而難以改變的狀態。

那麼，對我們來說萬得的例子有什麼啟發呢？那就是「為了避免錯誤的英文在我們的語言系統中僵化（石化），我們必須努力學習與檢查自己使用的英文，直到我們用的英文成為真正的英文」。特別是當你的英文開始進步、和母語人士可以進行一定程度溝通的那瞬間，也就是從「開口的那瞬間」起，你就必須更努力檢查自己用的英文。剛開始和美國人用英文溝通時，絕對不能掉以輕心。在這個時間點更要繃緊神經的原因，是因為學習者隨便說出口的那些英文，會在語言系統裡固定下來，造成僵化現象。在這個時間點，如果你隨便用的英文文法或表達是正確的，的確有可能會讓你的英文進步，但如果用到的是錯誤的，那該怎麼辦呢？嗯！這可不能開玩笑！所以在用英文時必須不斷進行檢查和過濾。學英文的人在停止努力的那一刻，他的英文實力進步之路也一併終止了。

老師我想說的結論是，我們使用的文法，不論對錯都會被深深烙印在我們用來學習 Grammar-in-Use 的習得系統裡！所以，檢查你們的英文吧！

3

不只是說明時間的時態 I
（現在簡單式 vs. 現在進行式）

SIMPLE PRESENT
VS.
PRESENT CONTINUOUS

我們到目前為止知道了動詞的各種分類方式，現在讓我們先走下動詞的山坡，登上時態的山坡吧！我發現許多學生在學習時態的時候，只會把注意力放在那個動作發生的時間點。像是 I'm eating lunch.（我正在吃午餐──當下正在進行的動作），許多學生在這種情況下反而會說出 I eat lunch.（我（每天）（不中斷地）吃午餐──每天都會做的動作）這種令人覺得不對勁的英文，而且還不知道自己哪裡錯了。因此，在和我一起學習時態時，與其把重點放在一個時態所代表的絕對時間點，倒不如把注意力放在理解那個時態會被用在什麼樣的狀況及句子情境之中。

在試著接觸「時態-in-Context」時，我最常用的方法就是把學生混淆的兩種時態互相結合，再讓他們比較、對照用到這兩種時態的句子情境有何不同。我們從現在式開始試試看吧！現在簡單式（The Simple Present Tense）與現在進行式（The Present Continuous Tense）有什麼不同呢？

Habitual/Repeated Actions
vs.
Things happening right now

（習慣性／重複性的動作 vs. 現正發生的事）

無須多言，我們透過對話來了解吧！

03_01_1

03_01_2

Mike	What do you usually eat for breakfast?
Jimmy	I eat cereal. You know, I'm on the go[1] all the time and don't have enough time to cook in the morning. What about you?
Mike	Same here![2] I usually eat pre-cooked[3] or fast food.

---

1. be on the go: 一直都很忙碌（或活躍）
2. Same here!: 我也是！
3. pre-cooked food: 預先做好，要吃時再重新加熱的食物，主要指冷凍食品。

Mike	你早餐通常吃什麼？
Jimmy	我吃麥片。你知道的，我一直都很忙，所以沒有足夠時間在早上煮東西。你呢？
Mike	我也是！我通常吃冷凍食品或速食。

68

就像在對話中看到的一樣，現在簡單式的 eat，表達的是每天重複的習慣性動作（每天吃～），因此不會使用現在進行式（I am eating creal.），而是使用現在簡單式。這裡要注意的一點是，即使不是每天，只要是週期性反覆的動作或習慣（例如：一週一次、一個月兩次等），仍會使用現在簡單式。請看以下對話。

03_02_1

03_02_2

Julie	Desiree's **going away party**[1] is this weekend.
Avis	All right, I'll be there. I take swimming lessons every weekend, but other than that, I don't usually have any other plans on the weekend.
Julie	Is the swimming pool open on the weekend?
Avis	Yeah, it's open 24/7[2]. Do you want to join us?
Julie	No, but thanks. I walk 10 miles twice a week, and that makes me tired enough.

1. going away party: 歡送會
2. 24/7: 唸做 twenty-four seven，就是「一天 24 小時、一週 7 天」的意思，也就是「24小時、全年無休」的意思！

Julie	Desiree 的歡送會在這個週末。
Avis	好，我會過去。雖然我每個週末都會去上游泳課，但除了這個之外，我週末通常沒有什麼別的計畫。
Julie	那個游泳池週末有開？
Avis	是啊，它 24 小時、全年無休。你想要和我一起嗎？
Julie	不用了，謝謝。我一個星期會去走 10 英里走個兩次，這就已經夠我累的了。

像這樣的現在簡單式，無論是每天、一週，還是一個月一次或兩次，只要是週期性反覆進行的動作就可以用，相反地，現在進行式就是描述現在、眼前所發生的事情。這樣明白了嗎？

03_03_1

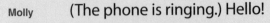
03_03_2

Molly	(The phone is ringing.) Hello!
Andra	Hey, Molly! It's Andra.
Molly	Hi, Andra, how are you?
Andra	Pretty good. Have I caught you at a bad moment? What are you doing now?
Molly	Oh, no. I'm just nursing my baby.
Andra	Oh, I'm sorry. Why don't you **ring me up**[1] when you're done?
Molly	I can talk while nursing as I'm doing now.
Andra	All right! Then, I'll make it very short! It's about the project. We finished a few days ahead of the deadline. The content seems pretty reliable, but I wanted to remind you that it still requires your **proofreading**[2] before we submit it.
Molly	Thanks for the reminder! I'll get a move on it right now!

---

1. ring up: 打電話
2. proofread: 校對（文章／文件／書籍等）

Molly	（電話在響）喂？
Andra	嘿，Molly！我是 Andra。
Molly	嗨，Andra，妳過得怎麼樣？
Andra	很好啊。現在方便說話嗎？妳現在正在做什麼？
Molly	噢，沒事。我只是在給孩子餵奶而已。
Andra	噢，抱歉。還是等妳忙完後再打給我？
Molly	我可以像現在這樣一邊餵奶一邊說話。

| Andra | 好吧！那我就長話短說吧！是有關那個企劃的事。我們在截止期限前幾天就完成了。內容看起來滿可靠的，不過我想要提醒妳，這份企劃在我們提交出去之前還是需要妳校對一次。 |
| Molly | 謝謝妳提醒我！我現在馬上來做！ |

在 Molly 和 Andra 的對話之中，紅色字的動詞都是在某個時間點正在進行的動作。例如 Andra 說的 What **are** you **doing**? 就是在問「現在正在做什麼」。但是，如果這裡把同個句子改成現在簡單式 What **do** you **do**? 的話，那麼詢問的是「每天反覆進行的動作或事項」，因此這個句子是用來詢問職業的疑問句。在這種情況下，隨著時態的不同，意思也會有顯著差異。

不過，請注意這種情形也是有例外的！在進行體育賽事轉播的時候，當下在眼前發生的事情，也有可能會用現在簡單式來表達，這是能夠被接受的！接下來讓我們來看看下面的轉播內容吧。

03_04_1

Great pass! Michael throws the ball to Charles. Charles misses it. However, Rod catches the ball and dribbles it. Rod tosses it back to Michael. Nice pass! Michael throws a three-pointer – it's a goal!

03_04_2

漂亮的傳球！Michael 把球傳給 Charles。Charles 沒接到。但是 Rod 拿到了，開始帶球。Rod 把球傳回給 Michael。傳得好！Michael 三分球投出——進了！

雖然想給各位一段更精彩、更生動的實況轉播，但我對體育賽事不熟，大家就別要求太多了啦！（英文程度還很基礎的人，若是想感受精彩轉播，推薦大家看沒有字幕的 NBA 直播！）不管是籃球、網球還是足球的轉播，都會用現在簡單式喔！

（永久性的感覺 vs. 臨時／暫時性的感覺）

現在式和現在進行式的另一個差異是，現在簡單式表達的是「永久性」的感覺，而現在進行式表達的則是「臨時／暫時性」的感覺。這裡與其用一大堆文字來說明，不如讓我們直接看看具體例句感受一下！

💬 I walk to school. 我走路去學校。（永久性的感覺）vs.

I am walking to school. 我正在走路去學校。（臨時／暫時性的感覺）

下面也有具體的句子情境對話。

03_05_1

03_05_2

Patrick	Kyle! Do you need a ride?
Kyle	Oh, sure!
Patrick	Get in!
Kyle	Do you always drive to school[1]?
Patrick	Yup! I used to take the bus, but because of their inconsistent schedule, I bought this car last month. Even though it's a beat-up[2] old car, it takes me everywhere. What about you?
Kyle	I live nearby, and I walk to school[3] every day.
Patrick	Good for you! You know, walking is the best exercise.

1. drive to school/work: 開車去學校／公司
2. beat-up: （東西）老舊的；破爛的
3. walk to school/work: 走路去學校／公司

Patrick	Kyle！要載你一程嗎？
Kyle	噢，好啊！
Patrick	上來吧！
Kyle	你都開車去學校嗎？
Patrick	是啊！我之前是坐公車，不過因為它們的班次變來變去，所以我上個月買了這輛車。儘管這是台破爛的老爺車，但它可以帶我去任何地方。你呢？
Kyle	我住附近，所以我每天走路去學校。
Patrick	真好！你知道的，走路是最好的運動嘛！

就像這樣，因為住附近，所以總是走路去學校，這個情境帶有強烈的永久性、而非臨時／暫時性的感覺，因此會用現在簡單式。

03_06_1

03_06_2

Dylan	Hey, Michael! Where are you running to?
Michael	Hi, Dylan! I'm late for school.
Dylan	I thought you drove to school.
Michael	Oh, I do. But something's wrong with my car, and it's in the auto repair shop now. The car mechanic said it's going to take about two weeks, so I'm walking to school these days.
Dylan	Alright, I'll let you go. Don't be tardy!

Dylan	嘿，Michael！你要去哪裡？
Michael	嗨，Dylan！我上學要遲到了。
Dylan	我以為你都開車去學校。
Michael	噢，我是啊。但我的車出了點問題，所以現在送修了。修車的技師說要修大概兩個禮拜左右，所以我最近都走路去學校。
Dylan	好吧，快去吧。別遲到了！

73

平時都開車上學，但現在因為車有問題，而暫時有兩個星期要走路去學校，因此會用帶有臨時／暫時性感覺的現在進行式。

就像這樣，因為現在簡單式所具有的永久性，使得在敘述普遍性真理（Universal truths）或事實（Facts）的時候，也會使用現在簡單式。雖然我隨著年紀增長，就越發懷疑這世上是否真有普遍且絕對的真理，但不管其內容是否真為真理，只要說話者（speaker：說話的人）認為是真理或事實，就可以使用現在簡單式。不管怎樣，我所知道的普遍真理大概是下面這些。

💬 **The earth is round.**

地球是圓的。

The sun rises in the east and sets in the west.

太陽從東方升起、西方落下。

Sweet things are bad for teeth.

甜的東西對牙齒不好。

Sulfur dioxide and nitrogen dioxide are the biggest contributors to acidrain.

二氧化硫和二氧化氮是形成酸雨的最大原因。

上面這些話，不論是否真的是真理，我都覺得它們是事實，所以就用了現在簡單式，這在文法上是正確的！其他內容正不正確我就不負責囉！（這本書是英文學習書，不是科普書，不是嗎？）希望大家也能寫寫看用來說明事實或真理的現在簡單式，就像接下來 Eric 和 John 的對話。

Eric How's your grandma?

John She's all right. We thought it was something serious, but fortunately it's not a **killer disease**[1]. She just needs to pay more attention to her diet.

Eric What does she say?

John She thinks evil spirits have caused all the trouble, and she wants an exorcist to perform an exorcism.

Eric What? How come she believes in such a thing? Spirits or ghosts don't even exist.

John Well, I don't agree with my grandma completely, but I think spirits and souls do exist.

1. killer disease: 致命疾病

Eric 你奶奶怎麼樣？

John 她沒事。我們原本以為是什麼很嚴重的病，不過還好不是什麼很致命的病。她只需要更注意飲食就行了。

Eric 她有說什麼嗎？

John 她覺得這些問題全都是惡靈造成的，所以她想要請驅魔師來驅魔。

Eric 什麼？她為什麼會相信這種事？靈體或鬼魂根本就不存在。

John 這個嘛，雖然我不完全同意我奶奶的話，但我認為靈體和靈魂的確存在。

雖然，沒有人能證明鬼魂或靈魂是否存在，或真理是什麼，不過，Eric 和 John 在這裡表達的是各自認為的真理及事實。大家在想要表達自己認為的真理或事實時，只要用現在簡單式就行了。

另一方面，在描述照片或圖片時，則可以使用現在進行式。請看下段對話。

I think sPirits and souls do exist.

03_08_1

03_08_2

Teacher Today, we're going to continue to cover the present continuous tense. Yesterday, we studied that the present continuous tense expresses an action or situation that is in progress at the moment of speaking. The present continuous tense is also used when we describe a picture. Please look at the picture and try to describe it, using the present continuous tense. Do-jun, do you want to try?

Student Sure. Lots of people are sitting on the bus. A few of them are looking at the camera, and one guy is pointing his finger at the camera. He's wearing a red jacket. The Latino guy right beside him is smiling at the camera. The girl who is holding a coffee cup is making a funny face toward the camera. The guy who's wearing a baseball cap has a beard.

Teacher What do you think they're doing?

Student I guess they're all waiting for the bus to leave.

老師 今天我們要繼續說明現在進行式。昨天我們學到，現在進行式是用來表達在說話當下正在進行或發生的動作或情況。我們在描述照片時也會用到現在進行式。請看這張照片並試著以現在進行式描述它。Do-jun，你要試試看嗎？

學生 好啊。很多人正坐在公車上。有幾個人正看著鏡頭，而且有個人正用手指向鏡頭。他穿著一件紅色夾克。就坐在他旁邊的那個拉丁裔男子正對著鏡頭笑。拿著咖啡杯的那個女孩正朝著鏡頭做鬼臉。戴著棒球帽的那個男子有留鬍子。

老師 你覺得他們在做什麼？

學生 我猜他們全都在等公車發車。

不過，不同於描述照片，在描述電影大綱或小說情節時，會使用現在簡單式。為什麼呢？請大家想想看，不論你是昨天看、今天看還是明天看，這部電影（或小說）的內容不都是一樣的嗎？還有比這種情況更適合使用現在簡單式的嗎？

03_09_1

03_09_2

(At a video store)

Customer Excuse me, but can you help me find a watchable movie over the weekend? I think I've watched pretty much all the recent movies.

Video store clerk If that's the case, how does *Groundhog Day* sound? It was released in 1993, but it's a great movie.

Customer Does it have lots of **poignant**[1] scenes? **I'm in the mood for**[2] a sad movie.

Video store clerk Well, it's not a sad movie. I **peg it as**[3] a romantic comedy, but it's such a great movie. You've definitely gotta watch it!

Customer Can you **sketch me out**[4] the basic **plot**[5] of the movie?

Video store clerk A **big-headed**[6] weatherman goes to a small town and finds himself living the same day again and again.

▶ 每年的 2 月 2 日是土撥鼠日（Groundhog Day），這天是這種長得像犬鼠，名為 groundhog 的動物從冬眠中醒來的日子，據說當太陽出來後，如果牠能看到自己的影子，那就會再回去冬眠，而冬天還會持續六個星期。在美國各地都會舉行與這個節日有關的活動。1993 年上映的電影《今天暫時停止》，內容就是以這一天為背景來創作的。

He tries everything in order to get out of the town, but each time he fails. However, in the process, he learns a lesson about life. Basically, the movie shows us how the arrogant guy changes into a wonderful man.

Customer It sounds like a fun movie. I'll take it!

---

1. poignant: 令人悲傷的
2. be in the mood for ~: 想做~
3. peg ~ as ~: 認為~
4. sketch out: 簡單說明大致的概要
5. plot: 情節
6. big-headed: 傲慢的

（在影片出租店）

客人　不好意思，可以請你幫我找部可以在週末看的電影嗎？我想最近的電影我大概全都看過了。

影片出租店店員　如果是這樣的話，這部《今天暫時停止》怎麼樣？它是 1993 年上映的，不過是部很棒的電影。

客人　它裡面有很多令人悲傷的場景嗎？我想要看悲傷的電影。

影片出租店店員　這個嘛，它不是一部悲傷的電影。在我看來它是浪漫喜劇，但它真的是部很棒的電影。你一定要看看！

客人　你可以大致跟我說一下這部電影基本在講什麼嗎？

影片出租店店員　有一個自大的氣象播報員到了一個小鎮上，然後發現自己一再重複經歷同一天的生活。他試過一切方法要逃出那個鎮，卻每次都失敗。不過，在這個過程之中，他對人生有了體悟。基本上，這部片就是在演一個自大的傢伙是怎麼變成一個好男人的。

客人　聽起來是部有趣的電影。我要租這部！

最後要提的是，如果句子情境是要強調抱怨或不滿，那這時只要使用現在進行式就可以了。在這種情境下，語氣當然會充滿負面情緒，大家要特別注意這些細微差異。我們一起透過下個對話，看看語氣有多麼負面吧！

Wife	You're **always** watching TV, **shirking**[1] your fatherly duties.
Husband	And you're **always** complaining.
Wife	Honey, we really need to talk.
Husband	Yeah. We should get to the root of our problem.

---

1. shirk: 逃避責任或義務

妻子	你老是一直在看電視，逃避你做父親的義務。
丈夫	而妳總是在抱怨。
妻子	親愛的，我們真的需要談談。
丈夫	是啊。我們應該要找到問題的根源。

為了顯示出事態的嚴重性，我多少有點誇大了對話的緊張感，但相信大家已經充分感受到這種語感了。

就像上面這篇處在爆發前夕的夫妻對話之類的句子情境中，以現在進行式加上 **always** 或 **constantly** 等表達，可以更加強調出不滿的情緒。在此情境下，就算在對話進行的這個時間點沒有進行相應的動作，也可以使用現在進行式，因為這樣一來就可以更加凸顯出這種不滿的感覺。

因此，為了提高強調的程度，always（總是）或 constantly（一直、不斷）這類的調味料是一定要加上去的，這樣才能生動表達出負面情緒裡的火大感啊！不是嗎？

就像這樣，時態在英文中表達的並非絕對的時間點，原因在於時態能夠傳達出除了時間以外的其他訊息，因此，就像我Continuously 說的，只有以 Grammar-in-Use 和 Grammar-in-Context 為核心來學習，才能深入理解時態的意義。

在學習與時態相關的文法時，必須正確了解相關時態呈現出來的是**什麼感覺**、會在**什麼情況**和**什麼句子情境**下使用，這樣才能讓你在學會時態的同時，一併提高會話能力。那麼，就用這個方式繼續學習時態吧！Go Go!

CHAPTER

4

不只是說明時間的時態 II
（現在完成式 vs. 過去簡單式）

PRESENT PERFECT
VS.
SIMPLE PAST

對剛開始學習英文時態的人來說，最搞不清楚的就是「現在完成式」了。這是因為在中文裡並沒有現在完成式這種時態的概念，所以當我們碰到這個時態時，對於它所代表的時間概念就會感到非常模糊。舉例來說，同樣是在過去時間內發生的事情，在有些句子情境下必須使用現在完成式，但在其他一些句子情境下，卻必須使用過去簡單式。不過大家不用擔心！放下你的憂慮，和我一起逐一看過使用這兩種時態的個別句子情境，一切就會變得非常清楚明白！跟著我一起學習吧！

首先，從時間上來看，現在完成式裡包含了「過去」及「現在」的時間概念，先來看看能幫助大家理解時間概念的句子吧！

💬 I have lived in Florida for seven years.

我在佛羅里達已經住了七年。

這個句子的意思是「從七年前搬到佛羅里達開始，持續住在那裡直到現在」，換句話說，就是把在過去的「七年前搬家」和現在說話的這一瞬間相連接，涵蓋了這個期間內的所有時間。

I have studied French since I was 13.

我從 13 歲開始學法語。

同樣地，從 13 歲開始學法語，一直學到現在，意思就是將「我在十三歲時」的過去和現在這一瞬間連接起來，而這段期間內的所有時間都被涵蓋在裡面。

I've always said the politician would end up in prison since he became a senator.

從那個政客當上參議員開始，我就一直說他最後會被關。

從那個政客當上參議員的過去開始，一直持續說到現在，這句話指的是在「從過去時間點開始，到現在這一瞬間」的所有時間中，反覆進行的動作。

It has been three years since my brother left for Kenya to study Swahili.

我弟弟去肯亞學史瓦希利語已經三年了。

這句話所表達的是從「弟弟三年前去肯亞」的那個過去時間點開始，一直連接到現在時間點的所有時間。

單看例句可能還有點不夠，所以這裡當然也準備好對話啦！

04_01_1

04_01_2

Tom	How long has Sam been in the United States?
Graham	If I'm not mistaken, he has lived here since 2005.
Tom	Has he always been a student ever since he moved here?
Graham	Yes, and that's why he has been struggling financially so far. I peg him as a strong-willed person. He has been working two part-time jobs to **keep body and soul together**[1], but he always strives for perfection as a student.
Tom	Wow, I always praise people like him.

1. keep body and soul together: 勉強維持生活

Tom	Sam 待在美國多久了？
Graham	如果我沒搞錯的話，他從 2005 年開始就住在這裡了。
Tom	他從搬到這裡開始就一直在當學生嗎？
Graham	是啊，這就是為什麼他到現在日子都過得很辛苦。我覺得他是個有堅強意志的人。雖然他一直都打兩份工來勉強維持生活，但他總是非常努力要在學業上做到最好。
Tom	哇，我一直都很欣賞像他這種人。

不過，事實上因為在這段對話情境中，出現了與現在完成式定義一致的過去及現在時間表達，所以對於母語不是英文的我們來說，也能充分、甚至是非常清楚地理解這些句子所要表達的時間點。

85

MY CAR
HAS BROKEN
DOWN.

這類句子經常會用到 since 2002（從 2002 年以來）、for nine months（九個月期間）、so far（到目前為止）等時間表達，使時間範圍能夠被傳達得更加清楚。那麼，我們來看看下面這些句子吧！

💬 My car has broken down. 我的車壞了。

I've lost my wallet. 我弄丟了皮夾。

His favorite toy has been broken. 他最喜歡的玩具壞掉了。

Have you seen the movie? 你看過那部電影了嗎？

I've never been to Italy. 我從來沒去過義大利。

不論是車壞了、皮夾弄丟了、玩具壞掉了，還是有沒有看過電影或去過義大利，全都是在過去時間發生的事。因此，從我們的角度來看，使用從過去連接到現在的時態來寫這些動作或事件，真的很不合理。不過，到底為什麼都不用過去式，而是用現在完成式來寫這些句子呢？美國人在這裡不用過去式，而使用現在完成式是有理由的。理由就是，**現在完成式是一種把過去的事件和現在相連接的時態**。也就是說，**某件事或動作即使是發生在過去，但若它會對現在這個時間點造成深刻的影響，那就不能用過去簡單式，而必須使用現在完成式**。另一方面，若這個過去發生的動作或事件（one time action/event in the past）與現在無關，那就必須使用過去簡單式來表達。

只要理解到這個程度就夠了，接下來讓我們看一下具體的句子情境和使用情況吧！我會將相同的句子內容分別以現在完成式和過去簡單式來呈現，請比較並分析使用這兩種時態的個別情境吧！

1. (A) My car has broken down.

   (B) My car broke down.

(A)

04_02_1

Audrey	The bus drivers are on a strike again.
Alice	Aren't they getting paid more than any other job in town?
Audrey	That's what I'm saying, but it looks like they don't think so at all.
Alice	They're probably in denial[1].
Audrey	They are! Geez, greedy people make my blood boil[2]. Anyways, because of that, I need a ride home. Can you give me a ride?
Alice	I'd love to, but my car has broken down, and I was actually about to ask Jerry for a ride.

---

1. be in denial: 拒絕承認（不願承認的事實）
2. my blood boils: 怒火中燒（氣到血都沸騰了⋯⋯）

Audrey	公車司機又在罷工了。
Alice	他們領的錢不是比市裡其他任何工作都多嗎？
Audrey	我想說的就是這個，不過看來他們好像完全不這樣覺得。
Alice	他們大概拒絕承認這件事吧。
Audrey	他們就是這樣！天啊，貪婪的人真的會把我氣死。對了，因為這件事，我需要有人載我回家。妳可以載我一程嗎？
Alice	我很樂意，不過我的車壞了，所以我其實原本正打算要請 Jerry 載我呢。

(B)

04_03_1

| Andrew | Welcome back to Florida! How was your trip to New York? |

Rick	All in all, it was great, but I have no interest in ever doing it again.
Andrew	What was wrong with the trip?
Rick	On my way back home, my car broke down on the **freeway**¹ between Washington, D.C. and Atlanta, and I had a really hard time with it. Fortunately, I was able to get it fixed and got back to town yesterday.
Andrew	I'm sorry to hear that. In any case, have a great first day back!
Rick	Thanks!

---

1. freeway: 高速公路

Andrew	歡迎回到佛羅里達！紐約之旅怎麼樣？
Rick	整體而言是很棒，不過我完全沒有興趣再去一次了。
Andrew	發生什麼事了？
Rick	在我回家路上，我的車在連接華盛頓特區和亞特蘭大的高速公路上壞了，我那時真的超慘。幸好我找得到人把它修好，才能在昨天回到鎮上。
Andrew	真遺憾聽到發生這種事。總之，祝你回來的第一天順利啊！
Rick	謝了！

在對話 (A) 方面，比起「車子壞了」這件發生在過去的事件本身，反而更把重點放在自己也得請 Jerry 載的目前情況上。因此這句使用的是把過去事件和現在情況相連接的現在完成式。當然，這時用的現在完成式帶有「車子到現在依然沒修好，還是壞的」的意思在，另一方面，對話 (B) 的內容則與現在情況無關，而只是談論著在旅行途中，也就是**在過去發生的一個事件**，因此會用過去簡單式。當然，與現在完成式不同，在這個情況下，**單看這個句子無法知道壞掉的車現在到底修好了沒有。**

2. (A) I've lost my wallet.

(B) I lost my wallet.

04_04_1

(A)

John	Hey, I told you it's on me. Eat as much as you want!
Barbara	Thanks to you, I ate enough. We've already **eaten up**[1] three pizzas!
John	All righty. (to the waiter) Excuse me, can we get the **check**[2] please?
Barbara	Thanks for the pizza, John.
John	Uh-oh. I hate to tell you this. I was going to pay, but I think I've lost my wallet.

04_04_2

1. eat up: 吃光
2. check: 在這個情境之中的 check 是指「帳單」。

John	嘿，我跟妳說過我會請客。妳想吃多少就吃多少！
Barbara	托你的福我吃夠多了。我們已經吃掉三個披薩了！
John	好吧。（對著服務生）不好意思，可以請你給我們帳單嗎？
Barbara	謝謝你的披薩，John。
John	噢喔。我真的很不想跟妳說這種話。我有打算要付錢的，但我想我把皮夾弄丟了。

04_05_1

(B)

Miranda	Guess what? While I was participating in the **candle light vigil**[1] last Sunday, I lost my wallet.
Janis	So, did you find it?

Miranda	Yes, I did. Someone called me on Monday and said she had picked it up.
Janis	What a relief! By the way, how did the person find out your phone number?
Miranda	I always carry my business cards in my wallet.
Janis	In any case, there are more good people in the world than bad people.
Miranda	I hear you!

1. candle light vigil: 燭光晚會

Miranda	你知道嗎？我上星期日在參加燭光晚會的時候弄丟了我的皮夾。
Janis	那妳有把它找回來了嗎？
Miranda	有啊，我找到了。星期一的時候有人打給我說她撿到了我的皮夾。
Janis	真是好險！不過，那個人是怎麼知道妳的電話號碼的？
Miranda	我一直都有把名片放在我的皮夾裡。
Janis	總之，這世界上好人還是比壞人多。
Miranda	我也這麼覺得！

這次也是一樣，在對話 (A) 中，可以理解是因為在過去把皮夾弄丟了的這個事件，才會造成現在無法付錢的這個情況。當然，在這裡使用了現在完成式，也同時傳達了皮夾弄丟了且到目前為止還沒有找到的狀態。另一方面，在對話 (B) 中弄丟皮夾的這個過去事件，是與現在狀況完全無關、單純的過去事件，因此會使用過去簡單式。當然，與現在完成式不同的地方在於，透過過去簡單式無法得知現在的狀況（皮夾是否已經找到了），因此 Janis 才會問 So, did you find it?。

3. (A) His favorite toy has been broken for a week.

(B) His favorite toy was broken.

04_06_1

(A)

Husband   Jimmy has been crying for 30 minutes. Do something! Or bring him his favorite toy right now!

04_06_2

Wife   His favorite toy has been broken for a week, and he's been grouchy ever since.

丈夫   Jimmy 已經哭半個小時了。想點辦法吧！不然妳立刻去拿他最愛的玩具給他好了！

妻子   他最愛的玩具已經壞一個禮拜了，而他從那時候開始就一直鬧脾氣。

04_07_1

(B)

"He was grouchy all morning long because his favorite toy was broken, but his daddy mended it, and now he's a happy, smiling little boy."

04_07_2

「因為他最愛的玩具壞掉了，所以他整個早上都在鬧脾氣，但他爸把它修好了，所以他現在是個快樂、充滿笑容的小男孩。」

在情境 (A) 中，妻子利用現在完成式，傳達了「玩具從壞掉到現在都沒修好，所以 Jimmy 沒辦法拿來玩」的現在情況。而這次現在完成式也同樣連接了過去事件（玩具壞掉）與現在狀況（玩具還沒修好的狀態＋孩子鬧脾氣的現況）。情境 (B) 則是與現在狀況完全無關、單純在過去時間點（在今天早上）所發生的事件，所以會使用過去簡單式表達。

4. (A) Have you seen the movie?

   (B) Did you see the movie?

(A)

04_08_1

Tracy   My favorite movie is <Father of the Bride>. Have you seen the movie?

04_08_2

Richard   Yes, I have! Actually, I prefer the remake that was released in 1991.

Tracy   我最喜歡的電影是《岳父大人》。你有看過那部電影嗎？
Richard   有啊，我看過！事實上，我更喜歡 1991 年上映的那個重拍版。

(B)

04_09_1

Meredith   NBC showed <Father of the Bride> last night. Did you see the movie?

Mike   No, I didn't because I had already watched the movie three times. Besides, I had a dinner appointment with my boss at that time. I had to **butter him up**[1] a little bit.

04_09_2

Meredith   I didn't know that you were a **bootlicker**[2].

---

1. butter up ~: 奉承～
2. bootlicker: 馬屁精（＝brownnoser）

Meredith   昨晚 NBC 播了《岳父大人》。你有看那部電影嗎？
Mike   沒有，我沒看，因為那部電影我已經看過三次了。而且，我在那個時間和我老闆約了吃晚餐。我得稍微巴結他一下。
Meredith   我沒想到你是個馬屁精。

Mike	I'm usually not, but it was necessary last night. What happened was I **dropped the ball on a very important project**[3], and I have to **redeem**[4] myself on the next one, but he wouldn't give me a chance.
Meredith	I feel your pain, but **flattery gets you nowhere**[5].

3. drop the ball on ~: 搞砸～
4. redeem: 抵銷（缺點等）；補救（失誤等）
5. Flattery gets you nowhere.: 奉承沒辦法讓你得到什麼。

Mike	我一般來說不是，不過昨晚我得要這樣做。事情就是我搞砸了一個非常重要的專案，而我必須在下一個專案裡扳回一城，但他不想給我機會。
Meredith	我可以理解你的痛苦，不過奉承沒辦法讓你得到什麼。

情境 (A) 是透過現在完成式，詢問從出生到現在的這段時間內的經驗。也就是詢問對方是否有看過《岳父大人》這部電影的經驗。另一方面，在情境 (B) 中詢問的是在昨晚（last night）這一具體過去時間點是否有看那部電影。

5. (A) I've never been to Italy.

(B) I didn't go to Italy.

(A)

Jen	This group tour package to Finland is awesome!
Kate	It looks fantastic, but I've already been there twice. Are there tour packages to Italy? I've never been there.
Jen	Really? I've never been to Italy either.
Kate	Oh, I found one here. It's a **promotional**[1] package, and it's extremely affordable.
Jen	Then, why don't we just make a reservation now?
Kate	Yeah, let's just do it!
Jen	Cool beans!

1. promotional: 促銷的；宣傳的

Jen	這個芬蘭團體旅遊套裝方案好棒喔！
Kate	看起來很棒，不過我已經去過那裡兩次了。有義大利旅遊套裝方案嗎？我從來沒有去過那裡。
Jen	真的嗎？我也從來沒去過義大利。
Kate	噢，這裡有一個。這個是促銷的套裝方案，而且真的超級便宜。
Jen	那我們要不要乾脆現在就先訂？
Kate	好啊，就先訂吧！
Jen	很好！

(B)

Vicky	I heard your whole family went to Italy last summer. Is that right?

04_11_2

Kevin   Actually, my parents and brother did, but I didn't go to Italy last summer 'cause I'd already been there three times before.

Vicky   我聽說你們全家去年夏天去了義大利。是真的嗎？
Kevin   事實上，我爸媽和哥哥都去了，但我去年夏天沒去義大利，因為我之前已經去過那裡三次了。

情境 (A) 說的是從出生一直持續到現在的這段時間中，沒有去過義大利的這個經歷，因此會使用現在完成式來表達。情境 (B) 講的則是去年夏天（也就是過去的一個具體時間點）所發生的事，因此會使用過去簡單式。

正如到目前為止的所有對話所呈現出來的，即使是發生在過去，任何事件或動作，只要會對現在的情況造成影響，那麼就可以使用現在完成式。相反地，過去簡單式會在這個事件或動作與現在的狀況沒有任何關係，也就是在「過去只是過去」的情況下使用。因此在敘述以下歷史事實時，當然會使用過去簡單式。

04_12_1

04_12_2

"Dr. Jenks is a **professor emeritus**[1] at Florida State University. He designed and directed the first TESOL master's program delivered by an American university at Florida State University in 1982. He also founded the Center for Intensive English Studies in 1979 and directed it until 2002."

– extracted from <The Frederick L. Jenks Center for Intensive English Studies Naming Ceremony> Booklet

---

1. professor emeritus: 名譽教授

「Jenks 博士是佛羅里達州立大學的名譽教授。他在 1982 年於佛羅里達州立大學設立並管理第一個由美國大學提供的 TESOL 碩士課程。他也在 1979 年創立了 Center for Intensive English Studies 並管理至 2002 年為止。」
——摘錄自《The Frederick L. Jenks Center for Intensive English Studies Naming Ceremony》手冊

即使同樣是過去的事情，相信各位已經透過句子情境，完全理解在什麼情況下會用現在完成式或過去簡單式了。這次就讓我們試著在對話中同時使用過去簡單式和現在完成式吧！

Paul How was your summer vacation?

John It was **uneventful**[1]! I was busy preparing for my acting auditions because I had auditions scheduled through mid-August. I'm still waiting for the results.

Paul **Have** you **applied** to any other places? I mean other than acting jobs?

John No, I **haven't**. Acting is what I went to school for, and I want to develop my acting career. I know only a few people succeed in this field, but I've **decided** to **go out on a limb**[2].

Paul I'm so proud of you, John! I've always **believed** that dreams come true, and someday your performance will **blow people away!**[3]

1. uneventful: 沒發生什麼事的、平淡的
2. go out on a limb: 冒險去做某事
3. blow ~ away: 使～震驚

Paul	你的暑假怎麼樣？
John	沒發生什麼事啊！我之前一直在忙著準備演戲的試鏡，因為我一直到八月中都排了試鏡。我還在等結果。
Paul	你有去其他地方應徵過嗎？我是說除了演戲以外的工作？
John	沒有，我沒去過。我去學校就是為了要演戲，而且我想要發展我的演員事業。我知道在這個領域裡只有少數人能成功，但我已經決定要冒險嘗試看看。
Paul	我真為你感到驕傲，John！我一直都相信夢想會成真，而你的表現有一天會讓大家驚訝！

正好可以藉著這個機會，說明一下學生們（來自亞洲、非洲、中東、歐洲等地）在使用現在完成式和過去式時，其中一個最常出現的文法錯誤，就是不區分清楚 have/has got 和 got 就隨便亂用。前者是與現在連接在一起的現在完成式，而後者只是過去簡單式！舉例來說，I've got a cold. 指的是從過去感冒到現在都還沒好的情況，I got a cold. 則是指過去得了感冒的情況，這樣說起來是不是很不一樣呢？在上面提到的這種句子情境下，如果把 have/has got 看作是 have，並把 got 看成是 had 的話，就可以簡單看出其中差異。我們一起透過對話確認一下吧。

04_14_1

04_14_2

Teacher	Abdul! Is Abdul present today?
Student	No, sir. He's absent again.
Teacher	Has he come down with a cold again? I thought he was getting used to the weather here.
Student	No, he's got the swine flu.
Teacher	Oh, no! Is there anybody who knows his phone number? Does he even have a phone?
Student	He's got a cell phone, and this is his number.
Teacher	Thanks. I'll try to reach him.

老師	Abdul！今天 Abdul 有來嗎？
學生	不，老師。他今天又沒來了。
老師	他又感冒病倒了嗎？我以為他已經漸漸適應這裡的天氣了。
學生	不是，他得了豬流感（A型流感）。
老師	噢不！有人知道他的電話嗎？他到底有 沒有電話啊？
學生	他有手機，這個是他的號碼。
老師	謝了。我會打給他看看。

我有問題！
前面對話裡用的 Get 過去分詞
從頭到尾都用 Got，
可是 Got 應該是 Get 的過去式才對，
難道 Get 的過去分詞不該是 Gotten 嗎？

就像我們在對話中看到的，got 除了是 get 的過去式之外，也可以
被當成過去分詞（p.p.）。這裡應該要放個音樂吧？♫ She's got
it! Yeah, baby ~ ♪ she's got it! 事實上，雖然我們可能更習慣把
gotten 當成 get 的過去分詞，但其實在對話時卻幾乎不會用到
gotten，也就是說，我們幾乎都是用 got 來當作 get 的過去分詞。
不是只有我住的地方才這麼用，全英國的紳士淑女們也都是這樣
用的。此外，在美式英文中很少會出現使用 gotten 的情況，而且
使用 gotten 時所傳達的意思，也和用 got 時的意義不同，因此必
須多加留意。為了要讓大家能理解 got 和 gotten 的不同，我簡直
可以說是什麼辦法都用上了，其中說明得就像水晶一樣可以一眼
看懂的人（He made it crystal clear!），是一個名叫 David Crystal
的男人。接下來一起來看他的解釋吧。

… 'have gotten' is not simply an alternative for 'have got'. 'Gotten' is used in such contexts as

They've gotten a new boat. (= obtain)

They've gotten interested. (= become)

…

But it is not used in the sense of possession (have). Thus, American English does not allow:

I**'ve gotten** the answer. (X)

I**'ve gotten** plenty. (X)

– extracted from <The Cambridge Encyclopedia of the English Language>

Crystal 先生說的是：

> ……have gotten 不單純是 have got 的替代說法。「Gotten」會被用在如以下句子情境之中：
> 他們得到了一艘新的小船。（＝獲得）
> 他們有興趣了。（＝變成～）
> ……
> 但 have gotten 不會被用來表達擁有（have）的意思。因此，以下用法在美式英文中是錯誤的：
> I 've gotten the answer.（✕）
> I 've gotten plenty.（✕）
>
> ——摘錄自《The Cambridge Encyclopedia of the English Language》

最後兩句是錯誤且沒辦法硬翻的內容。如果要將句子改成正確的，只要改成 I've got the answer. 和 I've got plenty. 就可以了。這是因為在上面這兩個句子的情境之中，have got 被當成了 have（擁有）的替代表達方式。

若要比 Crystal 先生解釋得更清楚，那麼可以想成，因為 have got 是擁有的意思，所以可以看作是 have 這一類的狀態動詞，而 have gotten 則是具有 become（變成～）和 obtain（獲得）意思的動作動詞。

在進入下一章之前，也不要忘記在文法書中，一定會和現在完成式一起出現的現在完成進行式，一起來看看吧！型態是 have been V-ing 的現在完成進行式，雖然所表達的時間和現在完成式相同，都連接了過去和現在，但正如其名，現在完成進行式是強調動作或狀態正在進行中的時態。因此，**現在完成式是強調過去的動作或狀態，對現在的情況造成影響，至於現在完成進行式，則側重於動作或事件「進行的本身」或「進行的時間」。** 也就是說，在使用時必須按照說話者意圖來使用不同的時態。說話的人啊！一定要把你的意圖說清楚啊！

💬 **I have cleaned this classroom. (Is it clean now?)**

我已經掃過這間教室了。（真正想說的話：現在乾淨吧？）

I have been cleaning this classroom for 2 hours! (for 2 hours! - It's a long time!! And I haven't finished it yet.)

我已經掃這間教室掃兩個小時了！（真正想說的是：兩個小時！——這是一段很長的時間！！而且我到現在還沒有掃完。）

不管是誰，如果想要正確了解說話者內心所想，請試著先像這樣把文法搞懂，再來了解說話者的意圖吧！總之，現在完成進行式這個時態，強調的是動作或事件的進行或進行的時間。現在讓我來久違地問個問題吧！這個現在完成進行式可以被用在什麼樣的情境裡呢？

向遲到兩個小時的朋友抱怨時，可以略帶煩躁地說：I've been waiting for you for two hours!（我已經等你等兩個小時了！），還有當你努力了一整天，結果卻有人看著你的成果，說你偷懶還酸你，那這個時候當然要反駁啦，你可以這麼說：I've been working on it all day long!（我一整天都在弄它欸！）。

兒子不念書，還打了三個多小時的電動時，可以對他說：You've been playing this computer game for over three hours!（你已經打電動打超過三個小時了！） 。從上面所舉的這些例子來看，就可以知道現在完成進行式並不像它的名字那樣冷門，在日常生活中其實很常用到！所以，從現在開始就大肆利用它吧，就像下面的對話那樣。

(At a drug store)

04_15_1

04_15_2

Customer Excuse me, sir. I've been suffering from this headache for over a week. It's killing me, and I haven't been able to work because of it. Can you please recommend the most effective headache medicine for me?

Pharmacist Why don't you try this one? It works like magic[1]!

Customer I'm sorry, but I've been taking that medicine for the last four days, and it doesn't seem to work for me.

Pharmacist Oh, well, then, what about this one?

Customer Since I've never tried that one, I'll take it.

Pharmacist Here you go. Please note that[2] all medicines have side effects. You can find more detailed information on the packet, so make sure you read everything from A to Z[3] before taking the medicine.

Customer I will. Thanks for your tip.

Pharmacist No problem!

1. like magic: 像魔法一樣，瞬間～
2. note that ~: 對～注目／注意
3. everything from A to Z: 鉅細靡遺

（在藥妝店）

客人 先生，不好意思。我已經頭痛超過一個禮拜了。簡直要痛死我了，而且我已經因此無法工作了。可以請你推薦我最有效的頭痛藥嗎？

藥師 你要不要試試看這個？它的效果立竿見影。

客人 我很抱歉，不過我過去四天都在吃這種藥，而它對我來說似乎沒用。

藥師 噢，嗯，那麼，這個怎麼樣？

客人 既然我從沒吃過這種藥，那我就買它吧。

藥師 給你。請注意所有藥都會有副作用。你可以在盒子上看到更詳細的資訊，所以要請你務必在吃藥前仔細把所有事項都看清楚。

客人 好，感謝提醒。

藥師 不客氣！

現在完成式和現在完成進行式的另一個差別是，現在完成式裡的動作已經完成了，而現在完成進行式的動作則仍然在進行中，代表這還不是完成的狀態。也就是說，「I've done my homework!」指的是作業已經做完了，也就是動作的完成，相反地，「I've been doing my homework!」指的則是還正在做作業、作業到現在都還沒做完的意思。這兩者間的差異與下一章會提到的，過去簡單式與過去進行式間的差異，在概念上一脈相承，只要知道進行式全都帶有尚未完成的感覺就可以了。

對學習英文有幫助的
外語學習理論 2
為什麼史密斯無法和
東莫村的英文老師溝通？

電影《歡迎來到東莫村》中出現了這樣的場景，美軍軍官史密斯與轟炸機一起墜毀在東莫村裡，在村裡教英文的老師問他 How are you?，但對於受傷、還被綁著的史密斯來說，這個老師問的「How are you?」，就像是他在若無其事地問史密斯「你沒什麼事吧？」，聽起來非常荒謬，所以史密斯很不耐煩地回答 How do you think I am? Look at me! How do you think I am?（你覺得我怎樣？你看看我！你覺得我怎樣？），在一陣沉默後，村長問：「那個大鼻子的人說了什麼？」，老師則偷偷把自己的英文學習書拿給村長看，並指著書上說：「你看這裡，上面說如果問 How are you? 的話，對方應該就會說 Fine, and you?，不是嗎⋯⋯」他和史密斯的對話就斷在這裡！接下來在這部電影中，這個老師和史密斯之間就再也沒用過英文對話了。

在電影設定的劇情裡，為什麼身為一個有在學英文、而且還能教人的老師，還會發生這種事呢？我認為，這是因為那個老師

是徹底以 Behaviorism（行為主義）的方式來學習和教英文，而電影中的這個場景，除了展現從行為主義出發的英文教育樣貌外，亦呈現出其侷限性。那麼，在已經進入二十一世紀很久了的現在，仍然做為英文教育主流的「行為主義」到底是什麼呢？行為主義者（behaviorist）所主張的語言教育方式又是如何呢？

行為主義心理學可以回溯到我們上學時學過的巴夫洛夫的著名實驗，也就是先讓狗聽到鐘聲，再給牠食物，並反覆進行這個循環，到最後即使不給狗食物，狗還是會在聽到鐘聲後流口水。

這個實驗可以用一句話總結，那就是「行為主義是刺激（stimulus）和反應（response）的結合」。巴夫洛夫對狗加諸的行為（反覆進行敲鐘後餵食）可稱為「刺激」，而受到反覆刺激的狗，之後就算沒有食物，但只要聽到鐘聲就會流口水的這個現象，就是「狗對刺激的反應」。將巴夫洛夫的這個簡單發現與教育學相結合，就是行為主義學習理論。

那麼，這個行為主義學習理論，會如何運用在英文教育中呢？幾年前，有個英文老師在接受採訪時，被問到要如何提高英文水準時，他回答：「哎呀～沒有什麼祕訣啦！只要多聽並多跟著做就可以了。」我們可以把這個老師視為典型的行為主義英文教

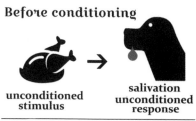

Before conditioning

unconditioned
stimulus

salivation
unconditioned
response

During conditioning

salivation
unconditioned
response

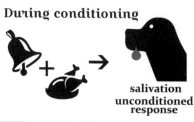

Before conditioning

neutral stimulus

no salivation
no conditioned
response

After conditioning

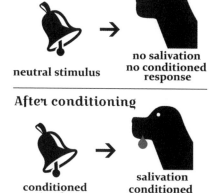

conditioned
stimulus

salivation
conditioned
response

育者。在學習語言的過程中，這類行為主義者（behaviorist）會把重點放在「模仿」（imitation）與「練習」（practice）上。外語學習理論的代表性人物 Robert Lado 下了這個定義：「語言學習就是透過模仿和練習，建立正確習慣的過程。」簡單來說，Lado 認為大家能流暢運用母語的原因，是因為大家已建立了在使用母語時所需要的

「一套習慣」（A set of habits），而這個習慣就是透過「模仿與練習」所形成的。同樣地，學習者在不斷反覆聆聽並跟著說之後，就會形成一套正確使用英文的習慣（A new set of habits），這個習慣會成為身體的一部分，進而讓學習者能流暢運用英文。這就是這些行為主義者們的一貫主張。

那麼，我們來看看以行為主義進行英文教學的具體例子吧！各位還記得課本裡一定會出現的這段對話吧？

Jane: How are you?
Min-ho: Fine, thank you. And you?
Jane：I'm fine, too.

先回憶一下我們當初是怎麼學會問候他人的吧！跟著音檔或英文老師反覆一直唸句子的回憶，應該都還記憶猶新吧。

在這個情形下，我們只要聽到有人說 How are you?，就會反射性回答 Fine, thank you. And you?，這就是透過模仿來「建立習慣」的結果！就跟聽到鐘聲馬上流口水的巴夫洛夫的狗一樣！在我工作的大學裡，美國英文講師們會開玩笑地說：「如果聽到 How are you? 就會回答 Fine, thank you. And you? 的人，十之八九都是外國人」。而這就是以行為主義進行英文教學的代表例子。

另一個同樣以行為主義為核心進行英

文教學的方式，就是採用對比分析假說（Contrastive Analysis Hypothesis），這種授課方式是以集中分析母語和相應外語間的差異為核心。舉一個簡單的例子，由於韓語字母發音的特性，對大部分韓國人來說，英文的 R 和 L 的發音有時會顯得特別困難。因此，若以韓國人為教學對象，在上發音課時，就會經常把重點放在 R 和 L 的發音講解上，例如先讓學生聽 rice/lice 之類的單字組合再密集練習等。由於母語發音的習慣已深植於學習者腦海之中，新語言習慣的建立就會受到阻礙，因此根據這個理論，在學習外語時必須特別注重兩種語言間的差異。

然而，這個以行為主義進行語言教學的方式到底有什麼問題呢？為了更了解行為主義理論於語言教育中產生的問題，必須要向大家介紹一個人，那就是 Noam Chomsky（諾姆·杭士基）。其實，他不只是語言教育學，更是所有與語言相關領域的專家。Chomsky 發表了闡明與上述行為主義理論完全背道而馳的語言學習過程相關論文。他強烈主張，人類學習語言的過程，與動物「根據刺激和反應而採取行動」（條件反射）相同，而絕對不是「模仿與學習」的過程。並且主張人類並非在「白紙狀態」（tabula

rasa）▶下誕生，而是出生時即在腦內擁有語言習得裝置（Language Acquisition Device）●，可被用來學習所有語言的「普遍文法」（Universal Grammar）。當這個裝置接收到某特定語言的一些使用實例之後，它就會自行分析這些實例，並發展出該語言的文法體系。Chomsky 主張語言學習的過程就應該是這樣。換句話說，語言學習的過程並不是如同行為主義者所說的「模仿與練習」，而是人類透過在出生時就擁有的語言習得裝置，在接收語言應用實例後進行分析，再逐漸發展出相應語言文法體系的這個過程……或許我們到現在都無法確定 Chomsky 所提出的理論是否正確，所以現在要請大家觀察一下正在學說話的孩子們。

無論是孩子們會說出大人不會說的話，或是會犯下大人正常不會犯的文法錯誤，都在在顯示了學習語言絕對不可能像行為主義者所主張的那樣，只有透過模仿才能學會。換句話說，若孩子們只能透過模仿大人說話來學習語言，那麼說出口的句子即使很短，也應該要像大人所說的句子那樣完全正確。所以我說的，噢不是，Chomsky 說的話應該是正確的吧？Chomsky 提出的這個理論，顛覆了當時的語言學界，隨之而來也開

▶ 拉丁語「白紙」的意思，行為主義者用以表示人類出生時什麼都不會、一張白紙的狀態。
● 事實上，在現代語言教育學中，大部分人會以普遍文法（Universal Grammar）來取代「語言習得裝置」（Language Acquisition Device）一詞，不過為了讓讀者們更容易理解，我還是決定用「語言習得裝置」這個詞。

啟了外語教學領域的新浪潮。在這股新浪潮興起之後，以行為主義進行語言教學的問題點便開始陸續被提了出來。

首先，以行為主義進行語言教學的最大問題是，教學時過分依賴「模仿」。我們學習語言是為了溝通，若只是不斷模仿，是不可能有辦法像運用母語那樣，以外語來表達想法的。

第二，與行為主義者所主張的相反，英文學習者在學習時實際會發生的各種錯誤，並不僅僅是因為母語習慣所致，相反地，這種錯誤只占了一小部分，更多的是無法透過理論來解釋為何會發生的錯誤。許多在此領域的學者已經提出了各式各樣的研究，證明在學習外語時會出現的各種現象，無法被單純歸咎於母語習慣所造成的影響。

第三，以 Ellis◆ 為首的許多學者認為，行為主義者慣用對比分析假說（Contrastive Analysis Hypothesis）的教學方式，很有可能會不智地犯下將兩種語言「過於簡化」（too simplistic）或「限縮」（restrictive）的錯誤。

儘管如此，也不要因為認為以行為主義進行語言教學是錯誤的舊方法，就將它全盤捨棄。在我這四十多年的經驗裡，體會到即使我們在跑步時會穿新鞋，但偶爾也是會有需要舊鞋的時候。在美國的教室裡，仍有一些英文講師會採用行為主義來教學，而我在教導學生發音時，也會以對比分析假說（Contrastive Analysis Hypothesis）為基礎來上課，且效果相當不錯。因此結論就是，雖然我們必須承認以行為主義進行語言教學有其侷限性，所以不能過於依賴，但是我們也不能完全捨棄它！

◆ 為語言學習理論領域打下基礎的 Rod Ellis。

5

不只是說明時間的時態 III
（過去簡單式 vs. 過去進行式）

SIMPLE PAST
VS.
PAST CONTINUOUS

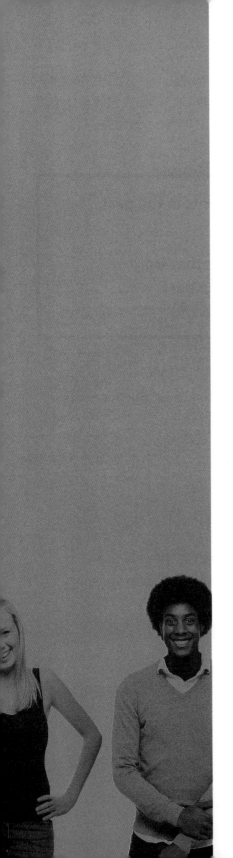

在 Chapter4 中我們曾進行過去簡單式和現在完成式的比較分析，因為過去簡單式表達的是 **one time action/event in the past**，所以我們可以知道，過去簡單式所傳達的內容與現在沒有任何關係，而過去進行式也一樣，都只是對現在不會造成任何影響的過去式而已。在這一章就和我一起學習，都是屬於過去式的過去簡單式和過去進行式吧！

無論是過去簡單式還是過去進行式，都是用來表達過去的時態，因此，若要對比或對照這兩者，比起理解它們要表達的是什麼時間點，更要理解它們各自的 aspect。這兩者最大的差異如下：

One time Actions/Events in the past

vs.

Actions or Situations that were in progress in the past

（過去發生的一次性動作或事件 vs. 過去某個時間點正在進行的動作或狀態）

也就是說，過去簡單式主要表達的是 one time action in the past，過去進行式表達的則是在過去某一時間點正在進行中（ongoing）的事情。所以，要表達「（過去）正在做～的途中所發生的一次性動作／事件」時，會同時使用過去進行式與過去簡單式。這兩個時態要怎麼用在這種句子情境之中呢？在看對話之前，我們先舉幾個例子當作 appetizer 吧！

💬 When Dr. Jenks was giving a lecture on the civil rights movement in the United States, two Caucasian students left the classroom.

當 Jenks 博士正在講授美國民權運動的時候，兩名白人學生離開了教室。

While Obama was giving a speech about human rights, Trump received a phone call.

在 Obama 發表人權相關演說的途中，Trump 接到了一通電話。

在享用過 appetizer 後，現在來嚐嚐看 main dish 的滋味吧！

05_01_1

Husband Honey, I saw a big cockroach in the kitchen when I was packing a lunch▸ this morning. I think we've gotta call the pest control guy again.

05_01_2

Wife Hey, Mr. **Clean-freak!**[1] Let's not **make a big fuss over one cockroach**[2].

Husband Listen! If you see one cockroach inside the house, it definitely means there are more… and even if there are no more, it's always safe to **nip things in the bud**[3].

---

1. clean freak: 潔癖鬼（＝neat freak）
2. make a fuss over ~: 對～大驚小怪
3. nip ~ in the bud: 掐掉～的芽；對～防患未然（nip：掐；捏　bud：芽）

▸ 若句子情境（context）表達的是「吃 breakfast/lunch/dinner」的意思，那麼這裡的 breakfast/lunch/dinner 就是不可數名詞，使用時不加冠詞（例如 I had breakfast./I'm eating lunch.），但若表達的是「帶便當」，則會被視為可數名詞，且要把冠詞 a 加上去。也就是說，「吃早餐」、「吃午餐」等是不可數的概念，而「便當」則是可以一個一個數的物品。

丈夫　親愛的，我今天早上在包中午便當的時候，在廚房看到了一隻大蟑螂。我想我們又得打電話請除蟲專家來了。

妻子　嘿，潔癖鬼先生！別為了一隻蟑螂就大驚小怪的。

丈夫　聽著！如果你在屋裡看到了一隻蟑螂，那就代表絕對還有更多隻……而且就算沒有，防患未然總是安全的。

Boss Why don't we **go on to**[1] the next item on the agenda?

Subordinate Yes, sir. While we were focusing on developing new products, we **fell behind**[2] our competitors in marketing. This can put us out of business. We really need to **come up with**[3] a solution as quickly as possible.

Boss Have you talked to Mr. Lee about that?

Subordinate I have, but he just **heaved a sigh**[4] while I was briefing him on that matter. He didn't seem to have any solution to the problem either.

Boss Then, why don't we discuss this with Mr. Chang? He's sharp as a tack. Plus, I've never seen such a **resourceful**[5] manager.

Subordinate That sounds like a plan.

---

1. go on to ~: 進入到~（下一事項）
2. fall behind: 落後
3. come up with ~: 提出／想出構想或答案等
4. heave a sigh: 嘆一口氣
5. resourceful: 足智多謀而能迅速應對危機的

上司　　我們要不要進入到下一個議程事項了？

下屬　　好的，長官。在我們專注開發新產品時，我們在行銷上落後於我們的競爭對手了。這可能會讓我們沒辦法繼續經營下去。我們真的必須盡快提出解決辦法。

上司　　你和 Lee 先生談過這件事了嗎？

下屬　　談過了，但他只是在我簡單說明這件事時嘆了一口氣。他似乎也沒有任何辦法來解決這個問題。

上司　　那麼，我們要不要和 Chang 先生討論看看這件事？他非常敏銳，而且我從沒看過有經理的危機處理能力這麼強的。

下屬　　這聽起來滿可行的。

另一個過去簡單式和過去進行式之間的差異是這個。

Complete action vs. Incomplete action
動作已完成的感覺 vs. 未完的感覺

我們透過例句來感受一下這種感覺吧！

💬 I wrote a letter to him.

我寫了信給他。
（寫信的動作已經完成。在大部分情境下，都是指書信已經寄出了。）

VS.

I was writing a letter to him.

我當時正在寫信給他。
（不知道信到底寫完了沒有，帶有強烈未完成的感覺。）

大家一定會覺得這樣的說明似乎還缺了點什麼吧？那這次就透過對話來確認一下具體的句子情境吧！

05_03_1

05_03_2

Abby　Some people just **dabble in this job**[1]. They're not as serious as they should be, and my work is suffering because of them.

Steve　Instead of complaining about it, why don't you have a discussion with your boss? Just talk it out.

Abby　Actually, I wrote a letter to him, but nothing has been changed.

1. dabble in ~: 涉獵～、粗淺接觸～

Abby　有些人就是不把工作當回事。他們沒有拿出應該要有的認真態度來做事，然後我的工作也因為這些人而受到阻礙。

Steve　與其抱怨這件事，妳要不要和妳老闆談談？就把問題說開。

Abby　事實上，我寫了封信給他，但什麼事都沒有改變。

Steve If you've already written a letter to him, I'm sure he will **take action**[2] sometime very soon.

---

2. take action: 採取行動

Steve 如果妳已經寫了信給他，我覺得他一定很快就會採取行動的。

如上所示，在前面對話中的 I **wrote** a letter to him.，意思是已經寫好一封信並寄出了，指的是已經完成的動作。

05_04_1

Boss Have you come up with any idea?

Employee Kind of. I'm positive Mr. Chang will be able to help us.

05_04_2

Boss We can't afford to waste any more time on this, so let's not wait until the last minute.

Employee I was actually writing a letter to him when you arrived here.

Boss Then, why don't we just finish the letter and mail it today? I mean, let's **get the ball rolling**[1]. Okie Dokie?

Employee Okie Dokie!

---

1. get the ball rolling: 開始做～

老闆 你有想到什麼點子了嗎？
員工 算有吧。我覺得 Chang 先生一定能幫上我們的忙的。

114

老闆	我們不能再在這件事上浪費時間了,所以別拖到最後一刻才去做。
員工	其實在你到這裡的時候,我正在寫信給他。
老闆	那我們要不要今天就把那封信寫完寄出去?我是說,我們開始弄吧!可以嗎?
員工	可以!

這篇對話和上一篇不同,因為這裡使用了過去進行式(I **was** actually **writing** a letter to him.),所以感覺寫信的這個動作還沒有完成,因此老闆才會在下一句表示要把寫信的這個動作完成。

Permanent vs. Temporary

(永久性的感覺 vs. 臨時/暫時性的感覺)

你們知道上面這兩個單字為什麼會看起來這麼眼熟嗎?沒錯!在 Chapter 3 講解現在簡單式與現在進行式的差別時,就用到過這兩個字了。不是只有現在式會有這種差異,在過去式上也會有這種不同!因此過去簡單式表達的是發生在過去,帶有永久性、持續時間較長的事實或動作;過去進行式則被用來表達帶有臨時性或暫時性的事實或動作。我們一起來看看例句吧?

💬 I worked for Chanel for ten years.

我在香奈兒工作了十年。
(給人的印象:持續時間較長、正式且穩定的工作)

VS.

I was working for Chanel last year.

我去年在香奈兒工作。
(給人的印象:臨時性工作)

同樣的內容分別用過去簡單式或過去進行式來寫,所傳達出來的感覺就會不同。

我有問題！
到底時間多長會被認為是「臨時／暫時」呢？
「永久性」指的又是多久呢？

對於這種問題，雖然也可以給出：「就用十年當作基準點吧！對於不超過十年的事，還用不上過去簡單式」這種答案，但這絕對不是正確答案。Again，我們現在學的是語言，而不是數學或科學。決定要傳達的感覺到底是永久性還是臨時或暫時性的是人。因此不要把事情想得太複雜，你只要知道，即使同樣都是過去，過去簡單式和過去進行式所傳達出來的感覺會不一樣。我們現在都已經學到這個程度了，應該已經不需要用文字解釋了吧？讓我們一起看看下面這段對話，感受各個時態所傳達的感覺吧！

05_05_1

Amy While I was living in London last year, I got love handles. You know, all those stereotypical British foods are so fatty.

Mandy You were living in London? What for?

05_05_2

Amy Oh, didn't I tell you? I was working for a British company for two months there.

Mandy You flew all the way to London just to work for two months? You must have received a **fat check**[1] there.

| Amy | **Moneywise**[2], it wasn't worth it, but it was such a good opportunity for me. It widened my horizons as well as my belly. |

1. fat check: 高額支票
2. moneywise: 關於錢

Amy	我去年住在倫敦的時候,腰上多了游泳圈。妳知道的,那些千篇一律的英國食物全都超油。
Mandy	妳那個時候住在倫敦嗎?為什麼?
Amy	噢,我沒跟妳說過嗎?我在那裡的一間英國公司裡工作了兩個月。
Mandy	妳大老遠飛到倫敦就為了工作兩個月嗎?妳在那裡領的錢一定很多吧。
Amy	就錢來說的話,這樣飛去不值得,不過當時這對我來說真的是個很棒的機會。除了我的肚子之外,我的視野也更開闊了。

在上面這段對話之中,因為住在倫敦、在那裡的英國公司工作都是暫時性的事實或動作,所以用了過去進行式。另一方面,即使同樣是在講住在英國的這件事,接下來的這段對話卻完全不同。

While I was living in London, I watched a lot of musicals.

05_06_1

05_06_2

Sandy Do you believe in **reincarnation**[1]?

Tracy Well, I'm not a Buddhist or anything, but it kind of makes sense to me. Do you?

Sandy I really can't tell, but I met a Hindu monk the other day, and you know, the concept of reincarnation is the central belief in Hinduism. In any case, **he was like**[2], "You lived in England in your past life. You were the Queen there and worked very hard for the British **subjects**[3]."

Tracy Ah-ha, I got it! That's probably why you're teaching English as a subject now. Your mother tongue in your past life!

Sandy Stop pulling my leg! I don't believe what he said. Not in the least! I just thought it was absurd.

Tracy Then, do you think it's a **flat-out lie**[4]?

---

1. reincarnation: 輪迴轉世
2. he was like: 美國學生在引用別人說的話時非常常用,表示「他說~」的意思。
     例如 she was like、Jack was like 等。
3. subject: (尤指君主制國家的)臣民,國民
4. flat-out lie: 完全是胡扯

Sandy 妳相信輪迴轉世嗎?

Tracy 這個嘛,我不是什麼佛教徒之類的,不過輪迴轉世對我來說也算說得通。妳相信嗎?

Sandy 我真的不知道是真的還是假的,我那天遇到了一個印度教僧侶,然後妳知道的,輪迴轉世這個概念就是印度教的中心信仰。不管怎樣,他說:「妳前世住在英國。妳那時是那裡的女王,而且為了英國臣民們非常努力地工作。」

Tracy 啊哈,我懂了!這可能就是為什麼妳現在會教英文這科的原因。妳前世的母語!

Sandy	別鬧我了！我不相信他說的話。一點都不信！我只是覺得這很荒謬。
Tracy	那妳覺得這完全是胡扯嗎？

Sandy	It could be. However, even though I didn't believe so, it made me feel good about myself. Do you think I should believe it?
Tracy	Suit yourself!

Sandy	有可能。不過，即使我不相信是這樣，但這種話還是讓我自我感覺很良好。妳覺得我該信嗎？
Tracy	隨便妳啊！

與前一篇 Amy 和 Mandy 的對話不同，在這篇對話裡出現的情境不是「暫時」住在英國，而是前世一輩子都住在英國的那種「永久」的感覺，所以比起過去進行式，更適合使用可以表達出永久性感覺的過去簡單式。

就像現在簡單式表示現在的習慣（repeated actions/habitual actions in the present），過去簡單式也可以表示過去的習慣（repeated actions/habitual actions in the past）。因為這個概念不難，所以我們就簡單看一下對話，然後就進入下一個部分囉！

05_07_1

Jimmy	I drank two bottles of wine every day until I gave it up.
Patrick	Are you serious? So when did you quit drinking?
Jimmy	I didn't quit drinking. I just gave up drinking wine. These days, I drink two bottles of soju each day.

Jimmy	我以前每天都喝兩瓶葡萄酒，現在不喝了。
Patrick	真的嗎？所以你是從什麼時候開始戒酒的？
Jimmy	我沒有戒酒。我只是不喝葡萄酒了。 最近我每天都喝兩瓶燒酒。

Patrick Man, you'd better watch out for liver problems. I drank three bottles of beer a day for many years, and I've suffered from **liver trouble**[1] recently.

---

1. liver trouble: 肝出問題

Patrick　　老兄，你最好小心肝出問題。我一
　　　　　天喝三瓶啤酒這樣喝了好多年，然
　　　　　後我最近肝就出問題了。

最後，在教過去式時，有一個概念我一定會和學生提到，那就是「如果你會用過去式，那你用的英文就能很有禮貌」！大家知道在英文中，**過去式比現在式聽起來更委婉有禮嗎**？因此，與 I **wonder** if you **can** help me 相比，I **was wondering** if you **could** help me 是 more polite 的表達方式！再舉一個例子，與 **Do** you want me to close the door? 相比，**Did** you want me to close the door? 也是更有禮貌的表達方式。相同道理，**Would** you ~? 比 **Will** you ~?、**Could** you ~? 比 **Can** you ~? 聽起來更加委婉有禮。知道這其中的感覺差異，才能讓你的英文表達更高級，可不是只有包包和皮鞋才有高級貨啊！總之，這概念不是很困難，只要看看接下來的這個 Sample 就能理解了。

05_08_1

05_08_2

Student Excuse me, Dr. Kennell. I'm applying to the master's program at FSU and was wondering if you could write a recommendation letter for me.

Professor When do you need it by?

Student The application deadline is November 1st, so please take your time.

Professor Okay! I'm going to state the facts just as they are, which means I am not going to **stretch the truth**[1].

Student Oh, absolutely, sir! I was also wondering if you could give me some advice on how to write this research paper.

Professor Oh, sure! Let's see where to start...

Student I was hoping that you could recommend some articles that might be helpful first. Could you do that for me?

Professor Good idea!

---

1. stretch the truth: 扭曲事實

學生　不好意思，Kennell 博士。因為我打算要申請 FSU（Florida State University）的碩士學程，所以想問問看您是否能夠幫我寫一封推薦信呢？

教授　你要在什麼時候拿到？

學生　申請截止日期在 11 月 1 日，所以請您慢慢來就好。

教授　好！我會照實寫，也就是說，我不打算扭曲事實。

學生　噢，當然了，老師！我還想問問看您是否能夠給我一些寫這份研究報告的建議呢？

教授　噢，好啊！我們來看看要從哪裡開始⋯⋯

學生	我之前是想說可以請您先推薦我一些可能
	會有用的文章。可以請您為我推薦嗎？
教授	好主意！

是不是光看例句就能感受到那種委婉有禮的感覺呢？在對話中出現的這個學生，故意用過去式動詞來表達他現在想要知道的、想要對方去做的事。為什麼呢？這是因為，無論是哪國的教授，都喜歡 polite 的 student 啊！就像前面那篇對話所呈現出來的情境那樣，不管是過去簡單式或過去進行式，都能讓你的表達更加委婉有禮，一定要記得這件事喔！

CHAPTER

6

過去的過去（had＋p.p.）與
過去的未來（was going to）

PAST PERFECT
VS.
FUTURE IN THE PAST

在正式開始這一章之前，先來做一個小測驗吧！大家如果從美國朋友那裡聽到 **Young-gu was going to jump off the building.**（Young-gu 原本打算要從那棟大樓跳下去），那麼，這個人還活著嗎？答案是～還活著，而且我敢保證他絕對活得好好的！因為他事實上 **100%** 沒有從那棟大樓上跳下去！因為，從文法上來看，句子裡的這個人是沒辦法跳下去的。這是因為 **was/were going to** 表達的是實際上沒有發生的「過去的未來」喔！

am/are/is going to 表達的是現在的未來，was/were going to 當然就是過去的未來囉！這句「過去的未來」的意思，感覺有點模糊不清，如果再說得更明確一點的話，就是「過去曾經做過某種計畫，但到了現在，事情實際上卻沒有按照當時的計畫來進行」。其實，在我們的人生之中，這種事真的很多啊！例如偶爾自己會想要獨自離開並前往某個地方，但結果卻沒有真的那樣做時，就可以用 was/were going to 來表達這個過去的計畫。就讓我們用英文向全世界的朋友們傾訴看看吧！然後你會發現，不管是台灣還是美國、北極還是南極，只要有人的地方，就都是這樣的。只要認知到了這一點，就會覺得稍微安慰一點。不管怎樣，要表達「雖然當下做了計畫，但後來卻沒有實現」的時候，就會使用 was/were going to。現在來看看底下的對話吧？

06_01_1

06_01_2

Mary	Where were you? I thought you were going to be there with me.
Erica	I was going to, but **something came up**[1] unexpectedly, and I couldn't make it. Did the interview go well?
Mary	Well, I was going to answer all his questions, but I had to **dodge some of them**[2].
Erica	Why? Did he **make a personal attack against you**[3]?
Mary	Oh, no. It's just that there were some sensitive questions, such as my views on hot political issues or my religious beliefs.
Erica	You**'re justified in not answering**[4] such questions, and it's not like you shirked your responsibilities or something.
Mary	Thanks for understanding me.
Erica	Sure, I'm always on your side. Besides, it's **black and white**[5] to me.

Mary	妳去哪裡了？我以為妳要和我一起去那裡的。
Erica	我本來是這樣打算的，但突然發生了一些事，結果我就去不了了。採訪還順利嗎？
Mary	這個嘛，我原本打算要回答他的所有問題，但有些問題我不得不迴避。
Erica	為什麼？他對妳做人身攻擊嗎？
Mary	噢，不是。只是有些是敏感的問題，像是我對於爭議性的政治議題的意見或我的宗教信仰之類的。
Erica	這種問題妳不回答也是理所當然的，而且妳又不是要逃避責任還是什麼的。
Mary	謝謝妳理解我。
Erica	當然啊，我永遠都站在妳這邊。而且，這件事是對是錯對我來說很清楚。

如同大家已經知道的那樣，在 Mary 和 Erica 的談話之中，所有用到 was/were going to 的句子，表達的都是在過去產生的想法或計畫，但這些想法或計畫，實際上卻都沒有發生。因此，這些都只是「過去的未來」。

在學完過去的未來之後，現在也來看看過去的過去吧！這種「過去的過去」，用文法專有名詞來說的話就是「過去完成式」的「had＋p.p.」，表達的是比過去的某時刻更之前所發生的事情。簡單來說，過去完成式這個時態，清楚表達了在過去發生的兩件事或兩個動作，彼此之間的時間關係。因此這個時態不會單獨登場，**主要會與過去簡單式一起使用，幫助釐清兩件事或兩個動作之間的時間關係**。在我們進入對話的海洋之前，先用例句來暖身一下吧！

💬 Mozart **had** already **composed** plenty of piano pieces when he turned seven.

莫札特在七歲的時候，已經創作了許多鋼琴曲。

My great grandfather **had suffered** from lung cancer when he passed away.

我的曾祖父去世時受肺癌所苦。

I realized that I **had** already **bought** three Coach bags.

我意識到我已經買了三個 Coach 的包包。

在上面例句中出現的兩個事件，分別會用過去簡單式（-ed）和過去完成式（had＋p.p.），來明確表達他們兩者之間的時間關係。也就是說，莫札特創作鋼琴曲是在他七歲之前就已經發生了的事情，曾祖父受肺癌所苦則是他去世之前已經發生的事情，買了三個 Coach 的包包，也是在我意識到這件事之前做的。現在就讓我們一起走進對話的海洋吧！

06_02_1

06_02_2

Father	**I am so hungry that I could eat a horse!**[1]
Son	I thought you went to the pizza place with Tim.
Father	We did, but when we arrived there, it **had closed**. By the way, did you apply for the job you were constantly talking about?
Son	When I tried to apply online, the deadline **had already passed**.
Father	Wasn't the application deadline today? What did you do all day?

128

Son	I was just **surfing the Internet**[2].
Father	Bryan!

1. I am so hungry that I could eat a horse!:
   在肚子非常餓的時候會用的慣用表達，並不是說真的可以吃下一匹馬，中文則通常會用「餓得可以吃下一頭牛了」。
2. surf the Internet: 上網

父親	我餓得可以吃下一頭牛了！
兒子	我以為你和 Tim 一起去那間披薩店了。
父親	我們是去了，但我們到那裡的時候，它已經關門了。對了，你去應徵那個你之前一直在說的工作了嗎？
兒子	等我要在線上應徵的時候，截止期限已經過了。
父親	應徵的截止期限不是今天嗎？你今天一整天在做什麼？
兒子	我就只是在上網。
父親	Bryan！

這篇對話感覺上有點長，而且裡面還用到了大家多少有點不那麼熟悉的過去完成式，為了讓大家對過去完成式更加熟悉，我再額外多加一篇對話吧！在看對話之前，請大家再次回想一下，過去完成式是用來表達「過去的過去（past in the past/earlier past）」的時態哦！別忘記了！

06_03_1

06_03_2

Librarian 1 What's the matter with you? You look **ashen-faced**[1]!

Librarian 2 There was a theft in this library last night.

Librarian 1 Yup, I am aware of that. Someone came in through the window and took the most expensive computer here. When I first heard the news, I wondered who in the world **had left** the window open.

Librarian 2 That was me.

Librarian 1 Really? You must be kidding!

Librarian 2 I was the last person to leave the library last night and was supposed to close all the windows. However, I couldn't reach one of them. I was going to use the ladder in the closet, but it looked kind of **precarious**[2].

Librarian 1 I don't blame you. It's a **beaten-up**[3] old one.

Librarian 2 In any case, I thought I **had** already **set** the security alarm as I was leaving.

Librarian 1 Is it possible to set the alarm without closing all the windows?

Librarian 2 Of course not! Gosh, what was I thinking? And when I finally realized I **hadn't done** it, it was too late.

Librarian 1 Have you told your supervisor all about this?

Librarian 2 Not yet. I just couldn't. I know honesty is the best policy, but now I fear that it's too late.

Librarian 1 **Better late than never**[4].

1. ashen-faced: 面如死灰的（臉色像灰燼的顏色似的）
2. precarious: 危險的
3. beaten-up: 破爛的；快用壞的（＝beat-up）
4. Better late than never.: 遲做總比不做好。

圖書館員1　你怎麼了？你看起來面如死灰。

圖書館員2　昨天晚上在圖書館這裡發生了一起竊案。

圖書館員1　是啊，我知道這件事。有人從窗戶進來，拿走了這裡最貴的電腦。我一剛開始聽到這個消息時，就很納悶到底是誰沒關窗戶。

圖書館員2　那個人是我。

圖書館員1　真的嗎？你是在跟我開玩笑吧！

圖書館員2　我昨天晚上是最後離開圖書館的人，所以我原本應該要把所有窗戶都關上的。但是，其中有一個窗戶我搆不到。我原本打算要用儲藏室裡的梯子，但那梯子看起來有點危險。

圖書館員1　我不怪你。那是把快壞掉的爛梯子。

圖書館員2　不管怎樣，我以為我走的時候已經設好警報了。

圖書館員1　有可能在沒有把全部窗戶都關上的情形下設好警報嗎？

圖書館員2　當然不可能！老天，我那個時候在想什麼啊？然後等我終於發現我沒有把警報設好的時候，已經太遲了。

圖書館員1　你已經告訴你主管這整件事了嗎？

圖書館員2　還沒。我就是說不出口。我知道誠實才是上策，可是我怕現在說已經太遲了。

圖書館員1　遲做總比不做好。

你可以看到在前面這篇對話中，那些特別用紅色標出來的動詞裡，**字比較細的是過去簡單式**，**比較粗的則是過去完成式**，其實透過句子情境，要搞懂在這兩個動作或事件中先發生的是哪個，並不困難。It's really a no-brainer! 只是大家在生活中進行對話時，要實際按照時間順序，使用過去完成式動詞來造出正確的句子，仍然多少會有點困難。不過，在學這種用法的時候只要仔細看清楚，再小心一點就不會搞錯了，所以不要覺得它很難，只要好好練習就會用了！

對了，這裡有一點要特別注意，即使在一個過去式句子中，出現

了在過去的過去所發生的事，但如果句中有用到 after、as soon as 等連接詞，那就不須使用過去完成式來表達。這是因為 after 和 as soon as 等連接詞，可以明確說明這兩者之間的時間關係，並清楚指出先發生的到底是哪件事，因此就沒有必要再使用過去完成式了。如果不知道我在說什麼的話，就不要再想了（Don't think too much about it!），直接透過例句來感受一下吧！（Just feel it!）

💬 I arrived there <u>after</u> she **left**.

她離開之後，我抵達了那裡。

She realized she was mistaken about the time <u>as soon as</u> she **got** there.

她一到那裡，就發現自己搞錯時間了。

在第一句中，大家都已經知道到底是 she **left** 先發生，還是 I arrived there 先發生了吧！after 都已經公然站出來明確點出這兩件事的時間關係了，實在沒有必要硬用 after she **had left**！第二句也是一樣，都出現 as soon as 了，she **got** there 當然比 She realized she was mistaken about the time 先發生，非常清楚明白，所以根本不需要使用過去完成式。讓我們透過對話裡的句子情境確認一下吧！

06_04_1

06_04_2

Aaron	Hey, how's it going? My name is Aaron.
Dylan	Hello, I'm Dylan. The groom's friend.
Aaron	Nice to meet you! So, how do you know the groom?
Dylan	Oh, we went to college together.
Aaron	Then, did you also go to the University of Hawaii?
Dylan	Yes, I did. I studied archeology there.

Aaron	**What a coincidence!**[1] I happen to be an archeology major at **UH**[2] now.
Dylan	How cool! Is Dr. Nakamura still there? She was my supervisor when I was a Master's student.
Aaron	No, she retired as soon as I **started** the program. My supervisor is Dr. Do-jun Kim.
Dylan	Dr. Kim? There was no Korean professor at that time. I suppose he got hired after I **graduated**.
Aaron	Yes, he started teaching in 2005, and now he's a tenured professor. He published a book last year, and it was a **howling success!**[3]
Dylan	I don't remember the title of the book, but are you talking about the archeology book that was written for both professionals and **laymen**[4]?
Aaron	Yes, that might be it. The title is "I Went There After They **Died!**"
Dylan	Right! That's it! Uh-oh, I should get going now. They seem to need my help. In any case, nice meeting you!
Aaron	Nice to meet you, too!

1. What a concidence!: 太巧了！
2. UH: 夏威夷大學（University of Hawaii）
3. howling success: 非常成功
4. layman: （與特定領域有關的）外行人；（宗教上的）普通信徒（複數形：laymen）

Aaron	嘿，你好嗎？我是 Aaron。
Dylan	哈囉，我是 Dylan。我是新郎的朋友。
Aaron	很高興見到你！所以你和新郎是怎麼認識的？

Dylan	噢，我們是一起念大學的。
Aaron	那你也是念夏威夷大學嗎？
Dylan	是啊，我在那裡念了考古。
Aaron	真巧！我現在剛好在夏威夷大學主修考古。
Dylan	太酷了！Nakamura 博士還在那裡嗎？她是我碩士時的指導老師。
Aaron	沒有，我開始念這個學程的時候她就退休了。我的指導老師是 Do-jun Kim 博士。
Dylan	Kim 博士？我那個時候沒有韓國教授。我想他是在我畢業之後才被聘任的吧。
Aaron	沒錯，他是從 2005 年開始教的，然後他現在是終身職教授了。他去年出了一本書，賣得非常非常好！
Dylan	我不記得那本書的書名，但你是在說那本專家和外行人都能看的那本考古書嗎？
Aaron	是啊，應該就是那本。書名是《I Went There After They Died!》。
Dylan	沒錯！就是這個！噢喔，我該走了。他們看起來需要我幫忙。不管怎樣，很高興見到你！
Aaron	我也很高興見到你！

[
我有問題！
在剛剛聽到的對話中，
兩人剛見面時是說 Nice to meet you，
之後要離開時則說 Nice meeting you，
這兩者一樣嗎？
如果不一樣，又有什麼不同呢？

雖然這個問題和本章主題完全無關，但這是個好問題。關於這個問題，只要看看【名詞篇】的 Chapter 9 就可以輕鬆解決。用一句話概括的話就是「不定詞代表未來、動名詞代表過去或現在」。因此大部分美國人在初次見面時會用 Nice to meet you!（很高興要和你見面），在要分開時，則會用 Nice meeting you（很高興和你見了面）。不過事實上，Nice to meet you 在這兩種情況下都可以使用，所以擔心搞混的人只要用 Nice to meet you 就沒問題了。

過去完成式介紹到這裡，我們就順便一起看看過去完成進行式
（had been V-ing）吧！過去完成進行式在時間呈現上與過去完成
式相同，但 aspect（動詞體：表示動作完成或進行中等的動詞形
態）上有所差異。為了講解文法知識，除了我不斷強調的
Grammar-in-Use 之外，我連這麼冷僻的專有名詞都用上了，感覺
自己真是個做作的人，不過就算被說做作也沒關係！在學習英文
時態時，如果能搞懂這個 aspect 的概念，那就是學會「時態-in-
Context」的捷徑。

在高級英文文法課上教授英文時態時，比起時態所代表的絕對時
間點（time），美國講師們反而會更注重這個 aspect。aspect 簡單
說就是「描述動作狀態」的專有名詞。比方說動作是已經完成的
狀態，還是仍在進行，或是尚未開始的狀態等。因此，理解時態
所傳達的 aspect，對理解整體的句子情境很有幫助。結論是，過
去完成進行式和過去完成式所代表的時間點可說是相同的，不過
過去完成進行式是帶有 aspect 的時態，表達的是在下一個事件或
動作發生之前都在持續進行中的狀態。因此，**想強調該動作的
「持續性」時，只要使用過去完成進行式就可以了。**如果你看到
「aspect（動詞體）」這種文法專有名詞，或是落落長的文法說
明就頭痛，也不必覺得有壓力，只要看看下面的例句，就會有
「啊～原來說的就是這個啊！」的感覺了。

💬 I **had been waiting** for my mom in front of the house for
five hours when she finally appeared with the keys ▸.

在媽媽終於帶著鑰匙現身的時候，我已經在家門前等她等了五個小時。

首先，和過去完成式一樣，過去完成進行式表達的也是「過去的
過去」，所以在這裡的 I **had been waiting** for my mom 是比 She
finally appeared 更早發生的動作。那這裡為什麼非要用過去完成

▸ 在大多數情況下，母語人士都會使用複數形的 keys。究其原因，我認為這可能是因為
人們通常不會只帶一把鑰匙，而是會把房子的鑰匙、辦公室的鑰匙、車鑰匙等用鑰匙
圈都串在一起攜帶的緣故吧！

進行式，而不用過去完成式呢？請大家想想看（提示：答案在 Chapter 4 說明現在完成式和現在完成進行式的差異時就已經出現過了）。沒錯！答案就是為了要強調「已經等了五個小時」的事實，也就是要強調「動作持續的時間很長」，所以才會選擇使用過去完成進行式！

老實說，沒帶鑰匙的人當然會覺得讓自己等了五個小時之久的媽媽很可惡，所以才會強調自己已經等了五個小時。這種想要強調的心情，有經歷過類似經驗的人應該都能理解。這時候就用過去完成進行式來表達你的情緒吧！那麼，我們來透過對話看看過去完成進行式吧！

06_05_1

06_05_2

Alexandra Your pronunciation is beautiful! How long have you lived in the United States?

Eun-young Oh, thanks. It's been about two and a half years.

Alexandra Is that it? How long **had** you **been studying** English before you came here?

Eun-young I started taking English classes at the age of 14, so about 13 years… and I **had been working** with American people in my country before I moved here.

Alexandra Still, it **blows me away**[1]. In any case, no matter how good your English is, it must have been a life-changing decision to study abroad.

Eun-young Yes, it surely was a life-changing decision. Besides, I **had been dating** my Prince Charming for three years when I got admitted to this school. Since he didn't want me to leave the country, I **was torn between getting married to him and studying**[2] in the U.S.

Alexandra You made the right decision. I believe it's very important for a woman to **be her own person**[3] before getting married.

---

1. blow someone away: 使～非常驚訝；使～非常驚喜
2. be torn between A and B: 在 A 和 B 之間猶豫著
3. be one's own person: 做～自己的主人

Alexandra 妳的發音真棒！妳在美國住多久了？

Eun-young 噢，謝謝。大概兩年半了。

Alexandra 只有兩年半嗎？妳在來這裡之前學了多久的英文呢？

Eun-young 我 14 歲開始上英文課，所以 13 年左右吧……而且在我搬到這裡來之前，我曾經在我的母國裡和美國人一起工作。

Alexandra 就算是這樣，這還是很令我驚訝。不管怎樣，無論妳的英文有多好，到國外念書一定是個改變妳人生的決定吧？

Eun-young 是啊，這真的是個改變我人生的決定。而且，在我錄取這間學校的時候，我已經和我的白馬王子交往三年了。因為他不想要我出國，所以我當時很掙扎是要和他結婚還是去美國念書。

Alexandra 妳做了正確的決定。我認為女人在結婚前能做自己的主人是非常重要的。

就像這篇對話中所呈現的，無論是過去完成進行式還是過去完成式，因為表達的都是「過去的過去」（past in the earlier/earlier past），所以都會和過去簡單式一起使用，且 when、before、already 等時間表達也經常會出現在這種句子之中。另外，still、yet、already、never 等時間表達，也常與過去完成式一起使用。過去簡單式、過去進行式、過去完成式、過去完成進行式、過去的未來，呼～現在請不要再問我過去了。

對學習英文有幫助的
外語學習理論 3

轉乘地鐵很容易，
轉換語言卻很困難

儘管在行為主義之後，語言教育界出現了許多新的理論，但學習者的母語對於外語學習所造成的影響，仍是不可否認的，因此仍有許多人對此相當關注。在將中文轉換成英文的時候，中文會對英文造成影響，而在這種情形下用出的英文就會被說是「中式英文」（Chinglish），雖然這個詞比較負面，不過仍有些學者認為母語對於外語學習，並非總是造成消極負面的影響。不然為什麼近年來會有人主張要先把中文學好才能學好英文呢？

不管怎樣，母語對外語學習所造成的全部影響，無論是正面還是負面，在這個領域裡被統稱為 transfer。在地鐵站裡經常聽到的動詞 transfer，意思是「轉乘」，而在語言相關的學術界裡，transfer 則常被用來表示「沒有經過任何過濾，就直接把一種語言翻譯成另一種語言的一種現象」。有許多學者將 transfer 區分成許多部分，就我而言，我認為 Ellis（1994）的區分最為清楚確實，他將 transfer 分成：Positive Transfer（母語造成的正面影響）、Errors（母語造成的負面影響）、Over-use（表達方式的過度使用）、Avoidance（在使用上的迴避）。從現在開始，讓我們來一個個深入介紹，看看我們在將中文轉換成英文時，中文到底會對我們產生什麼影響吧！

Positive Transfer（母語造成的正面影響）這個詞，指的是我們的母語能力對英文學習造成了正面影響的現象。Positive Transfer 就像是我們不須進行任何過濾，就能直接把中文翻譯成完美的英文這樣！既然如此，那我們的中文能力也會在某些時刻幫助我們學習英文嗎？當然會！舉個簡單的例子，在中文裡，修飾語總是會放在被修飾語之前，像是可怕的老師、美麗的女人、美味的披薩等等。幸運的是，這點在英文也是一樣，做為修飾語的形容詞會和做為被修飾語的名詞結合在一起，所以即使你照著中文直譯，翻出來的也會是正確的英文。scary teacher、beautiful woman、delicious pizza！哇，變成英文了！中文一下子就 transfer 成英文了！不過也有人會問：「英文！只要這樣就能翻對的話，隨便學都可以啊！那有其他語言是會把形容詞放在後面修飾名詞的嗎？」我的回答是：「Yes！西班牙語的情況就是這樣。」我曾經教過許多拉丁裔的學生，他們說在西班牙語裡名詞和形容詞的位置是相反的。換句話說，我在教以西班牙語為母語的學生時，若課程內容與形容詞有關時，就必須特別說明這部分。無論如何，中文和英文在結構上出現了這樣的一致性，也會對學習有所幫助。至少在這個部分上，是可以放心不會出錯的。

但遺憾的是，Positive Transfer 這種現象在我們學英文時並不常出現。哈佛大學在 1975 年的研究（Cancino, Rosansky, & Schumann, 1975）中發現，在學習外語時，母語造成的正面影響終究是取決於母語和該外語之間有多近、多深的關係。若想仰賴 Positive Transfer 來學習的話，英文和中文的距離還是太過遙遠了。

和 Positive Transfer 相反的就是 Negative Transfer▸（母語造成的負面影響），也就是母語在我們學英文時所造成的負面影響。典型的例子就是那些直譯成英文就說不通的句子，只要把這些「即使說的是英文，美國人也聽不懂。後來才發現說的是中式英文」的句子，全都視為是負面影響（Errors）就行了。中式英文的例子，想必我不用多提，你們應該已經聽過很多了，但我還是舉幾個例子：有些學生在說「聽課」時，經常會使用動詞 listen，但在這個情境下，英文應該要用 take 才對。也就是說，不是 I listen to his class，而是 I take his class●。「吃藥」也是如此，並不是用 eat medicine，而是用動詞 take，take medicine、take a pill、take vitamins 等等才是正確的表達方式。這些就是沒有過濾母語、直翻成英

▸ 學術界主要稱之為「Errors：錯誤」。
● 「listen to his class」這種表達方式，只能在聽的是錄音課程時使用。

LANGUAGE TRANSFER

Avoidance

Positive Transfer

Negative Transfer (Errors)

Over-use

Subtractive bilingual

文所會產生的錯誤。

　　若只是一味指出大家的錯誤，其實對於學習沒有任何幫助，另一方面，美國人在說外語的時候也可能會有 Negative Transfer（母語造成的負面影響），我們來看看例子！我的丈夫是旅美韓僑 1.5 代，他小小年紀五歲就來到了美國（也有人說我丈夫這種情況應該要算是 1.7 代），他的情形是典型的 Subtractive Bilingual，也就是外語（英文）實力的提升會使母語（韓語）實力減損。所謂的 Subtractive Bilingual，就是外語實力（second language ability）的增加會替代掉原本的母語實力（first language），甚至使部分的母語能力喪失，也就是說，他的英文會反過來對他所使用的韓語造成影響。舉例來說，某一天坐飛機時，我丈夫對空姐說：「問一下水可以嗎？」嗯嗯？他是說「問水」嗎？這其實是把英文的 ask for water 直接翻譯所產生的錯誤。就像我們在 Chapter 2 所學到的，英文的動詞 ask，除了「提問」的意思外，還有「要求取得～」的意思，而我丈夫誤以為韓語動詞中的「問」和 ask 的功能相同，所以我們可以說這就是因為沒有進行任何過濾就直譯而產生的錯誤。我們必須認知到「我們的母語和英文差異很大」這件事，且因此在學習時必須更加敏銳，絕不能在我們的語言體系中養成這些錯誤。

　　最後，透過 Negative Transfer（也就是 Errors）現象，我想說的是，把中文直翻成英文實在非常危險。正是因為如此，美國大學裡的英文（ESL）講師都會強烈建議，除了最初級的班級以外，所有學生都要使用英英辭典。同事們都說養成在使用英文時以英文思考的習慣，是防止發生 Negative Transfer（也就是 Errors）的最佳方法，我也完全同意。

　　母語對外語學習的影響如此深遠，隨著研究的深入，除了 Positive Transfer（母語造成的正面影響）和 Negative Transfer（Errors－母語造成的負面影響）之外，這個領域的學者們還提出了兩個新概念，那就是 Over-use（表達的過度使用）和 Avoidance（在使用上的迴避）。為了幫助大家理解這兩個概念，學者們對這部分多有研究，我們來看看他們是怎麼說的吧！

... when two languages share rules that are at least superficially similar, the learner will assume congruence and attempt to use that structure more frequently than a learner who recognizes superficial differences and thus in her terms "avoids" the structure... (Dechert & Raupauch, 1989, p.22)

……當兩種語言擁有至少在表面上是相似的規則時，比起找出這兩者間的差異點，並因此——用她的話來說——「迴避」這個結構，學習者更會推定這種規則（與其母語）的一致性，並傾向於更常使用該結構……（Dechert & Raupauch, 1989, p. 22）

以結論來說，人們會傾向於過度使用結構與其母語沒有太大差異的英文單字與文法，並會盡量避免使用與其母語結構完全不同的英文表達方式及文法。典型的例子就是我們會避免使用中文裡沒有的完成式（尤其是過去完成式）。即使是碰到必須使用這些時態的情況，也是能不用就不用。這不是什麼嚴重的社會問題，但卻是英文問題。

那麼，要如何把這些有關 Language Transfer 的理論運用在英文學習上呢？既然英文對我們來說是外語，那麼英文實力就絕對不會自己提升。但也不是說，在美國住了很久，英文卻還是不好的人都是笨蛋。那只是因為，大多數人在自己的英文實力到達一定水準後，就不會再繼續努力了。而且，許多人所想的那個「一定水準」，指的似乎就是「可以溝通的水準」，但其實只要是在美國生活，就算不怎麼努力，都可以達到這種英文水準。然而，若因為滿足於這個水準，而不再繼續努力，那就會讓自己的英文發音、文法或表達方式都很難達到高級的程度。當我說到「努力」這個字眼時，很多學生會誤解它的意思。努力不只是看書或背單字，在擁有一定的流暢性（Fluency），且能夠和美國人溝通的那時開始，就更要努力檢查自己使用的英文[>]。因為從這時候開始，錯誤的英文表達會更容易根深蒂固於你的語言系統之中[●]。而必須檢查的事項之一，就是學習者自己的 Language Transfer 現象了。為了讓大家能檢查自己是否受到 Language Transfer 現象的影響，我在這裡貼心地為大家整理出了一份有關 Language Transfer 現象的具體檢驗事項，讓大家在檢查自己所用的英文時，能用這些問題來問問自己。

▶ 可參考【名詞篇】中的第四篇外語學習理論。
● 可參考本書中的第一篇外學習理論。
◆ 西蒙・德・波娃曾說：「女人不是生成的，而是形成的」。雖然我的模仿不怎麼樣，不過我相信大家還是看得懂的。

1. **Positive Transfer**（母語造成的正面影
   響）**& Errors**（母語造成的負面影響）
— 我用的是英文的表達方式嗎？
— 有沒有犯了用中文直譯的錯誤？
— 如果錯了的話，正確的英文表達是什
  麼？

2. **Over-use**（表達方式的過度使用）
— 我是否過度使用某一個表達方式或文法
  結構？
— 那麼，還有哪些與它相同（或相似）意
  義的表達方式呢？

3. **Avoidance**（在使用上的迴避）
— 是否有故意避免使用特定時態或文法結
  構（例：完成式）？
— 那麼，在哪些情境下，你必須使用這些
  文法結構呢？

　　就算覺得麻煩，不斷自我反省和注意
這些檢驗事項的努力，最終將會決定你的英
文能力是否能夠更進一步，或是只停留在可
以溝通的程度。我是說：「英文好的人不是
天生的，而是創造出來的！」*

CHAPTER

7

WILL 對上
BE GOING TO

WILL
VS.
BE GOING TO

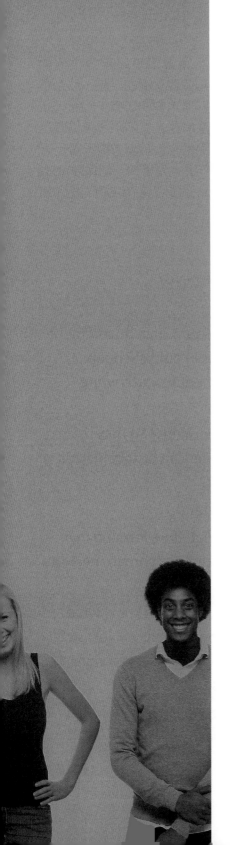

我們從現在開始不要再拘泥於過去，要開始面對未來了！但在學英文時，連要成為面對未來的人都不是件容易的事。英文的未來式表達可不是只有一兩種而已，再加上可以用來代替未來式的現在簡單式和現在進行式，呼⋯⋯讓人從剛開始就覺得肩膀沉重、想要嘆氣。我們就別用文法解說來帶你認識這些未來式表達了，而是改用會話來向你一一介紹，這樣你就可以透過句子情境，自然而然學會使用方法。那麼，我們先來看看未來簡單式吧！

本想從未來簡單式開始看起，結果半路殺出了這兩個小傢伙——Will 和 Be going to。如果能把這兩個傢伙混在一起，然後不管什麼情況都能隨便抓一個來用的話，那該有多好啊！然而，在很多情況下都不能這樣混用，而且到處都存在著陷阱，所以要用對也不是件簡單的事啊！不幸中的大幸是，仍有滿多情況是不管用哪個都可以的，所以我們就從這裡下手，先來架一個保障 85% 安全的安全網吧！在下面 Isabel 和 Zion 的對話之中，所有的 will 和 be going to 都是可以相互替換的。

07_01_1

07_01_2

Isabel Have you heard about the news?

Zion What news?

Isabel According to CNN, the Arizona state government has banned ethnic studies in public schools because it causes resentment towards white people.

Zion What? Have they lost their minds? So they're not going to teach African American history including the civil rights movement?

Isabel Yeah, that's what I understand.

Zion I have to do some research before forming my opinion, but their claims don't add up to me. Not in the least!

Isabel We're on the same page… but you know what? I don't think the federal government will just sit back and watch.[1] They're going to take action about it sometime very soon.

Zion Oh, absolutely! What Arizona is doing right now is totally against the American Spirit.

146

Isabel	I couldn't agree with you more about that. By the way, isn't Arizona the state where John McCain used to be a senator?
Zion	Yup.
Isabel	**(heaving a sigh of relief[2])** Whew~
Zion	Are you giving a sigh of relief now?

1. sit back and watch: 坐視不管
2. give/heave a sigh of relief: 鬆了一口氣

Isabel	你聽到那個新聞了嗎？
Zion	什麼新聞？
Isabel	CNN 說，亞利桑那州政府禁止在公立學校裡上族群研究課，說這會導致仇視白人。
Zion	什麼？他們是瘋了嗎？所以他們不打算要教包括民權運動在內的非裔美國人歷史嗎？
Isabel	是啊，就我知道的是這樣。
Zion	我得先研究一下才能提出我的意見，但他們的說法對我來說不合理。一點都不！
Isabel	我也這樣覺得……但你知道嗎？我認為聯邦政府不會就這樣坐視不管的。他們很快就會針對這件事採取行動的。
Zion	噢，絕對會！亞利桑那州現在做的這件事完全違背了美國精神。
Isabel	完全同意。對了，亞利桑那不是以前 John McCain 當參議員的那個州嗎？
Zion	沒錯。
Isabel	（鬆了一口氣）呼～
Zion	妳現在是鬆了一口氣嗎？

比較敏銳的人可能已經注意到了，Isabel 和 Zion 的對話之中，使用 will 和 be going to 的所有句子都只是他們的推測。就像這樣，針對未來是否會發生某事，**說話者提出預測或預想時（make a**

prediction），will 和 be going to 就是 interchangeable（可以交替的，也就是兩者可以隨便替換使用）！而且，幸運的是，在生活對話中，大部分會用到未來簡單式的情境，要表達的都是說話者的預測或預想，所以不管是用 will 還是 be going to 都可以。

因此，如果你聽天氣預報，就會發現 will 和 be going to 出現的次數差不多。

那麼，另一方面，只能用 will，或只能用 be going to 的情境究竟有哪些呢？這兩組（只能用 will 的情境 vs. 只能用 be going to 的情境）間的微妙差異，比起用文字解釋，還是直接用句子來讓你感受一下的效果更好。百聞不如一見！大家在閱讀文法解說之前，先感受一下我設定的這些場景並了解具體句子情境吧！從現在開始場景連發！

場景 1. 在辦公室

所有人正忙著工作。一個女人正在整理桌子上堆積如山的文件，而另一個女人正快速影印著一些文件。辦公室裡唯一的男人正盯著電腦螢幕，並用可怕的氣勢敲著鍵盤。所有人都忙得不可開交時，電話響了。沒有人有心情接電話的這個時候，正在影印的女人說：

💬 **I'll get it!** 我來接！

→ 這時候 I'm going to get it 是錯誤的表達方式。因為在表達自發性行為（**voluntary action**）的句子情境中，只能使用 **will**。

場景 2. 在學校

一個女生正在吃力地搬沉重的桌子。一個男生從她身旁經過。雖然上課快遲到了，讓他覺得有點不安，不過他還是發揮了騎士精神，說：

💬 **I'll help you!** 我來幫妳！

→ 此時 I'm going to help you 是錯誤的表達方式。這裡和場景 1 一樣，都是表達自發性行為的句子情境，所以一樣也只能使用 will。

場景 3. 某學校的朝會時間

雖然是早上，但可能因為是大夏天的關係，陽光曬得讓人受不了。從早上開始就身體不舒服的美珍，站在操場上足足三十分鐘後，一邊聽著校長的無聊訓話一邊開始頭暈。因為貧血而頭暈的她，跟旁邊的朋友說：

💬 I'm not feeling very well. I feel like I'm going to faint.

我不太舒服。我覺得我好像要暈倒了。

→ 在這時候 I will faint 是錯誤的表達方式！若表達的是目前情況所會造成的未來結果（a fulfillment of the present：意即現在的狀況會成為未來結果的原因），在這類句子情境中，只能使用 **be going to**。

場景 4. 在車內

悠閒的假日午後，智英和英秀帶著九個月大的孩子去旅行。在溫暖的陽光照耀下，英秀在國道上開到一半就開始想睡，一不小心就越過了中線。車子在那一瞬間從對面車道疾駛而來！看到這驚險的情況，嚇得臉色慘白的智英說：

Watch out! We're going to crash! 小心！我們要撞車了！

→ 這裡的 We will crash! 和場景 3 一樣，表達的情境都是目前狀況會成為未來結果的原因，因此只能用 be going to！

用一句話總結就是，表達自發性行為（**voluntary action**）只能用 **will**，表達現在情況會造成不久後會實現的未來結果（**a fulfillment of the present**）時，只能使用 **be going to**！我們來看看美國人會怎麼在對話裡運用 will 和 be going to 吧。

07_02_1

07_02_2

Monica The sky is covered with black clouds; it's going to rain soon.

Lacey Tell me about it! It looks like we're going to have a **soaking downpour**[1], not just a drizzle.

Monica Did you bring your umbrella with you?

Lacey Nope. I never carry an umbrella with me.

Monica Me, neither. Why don't we just wrap it up right away and take off so that we don't get **drenched**[2] on our way home?

Lacey Sounds like a plan!

Monica All righty, this is the very last item on the agenda. Somebody e-mailed me from the United Arab Emirates, and it's all written in Arabic, but this person seems to be our prospective buyer. Do you know anyone who speaks Arabic?

Lacey I'll translate the e-mail for you. My minor was actually the Arabic language in college.

Monica Sweet! I'm out of here. See you tomorrow.

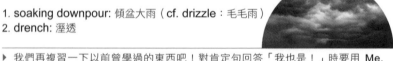

1. soaking downpour: 傾盆大雨（cf. drizzle：毛毛雨）
2. drench: 溼透

▶ 我們再複習一下以前曾學過的東西吧！對肯定句回答「我也是！」時要用 Me, too.，對否定句回答「我也是！」時，要用 Me, neither.
例：“I love Tom Hanks!” “Me, too.” vs. “I don't like Brad Pitt!” “Me, neither.”

Monica 天空烏雲密布，很快就要下雨了。
Lacey 真的！看起來會下傾盆大雨，而不只是毛毛雨。
Monica 妳有帶傘嗎？

Lacey	沒有。我從來不帶傘的。
Monica	我也是。我們要不要現在就把東西弄一弄離開？這樣我們就不會在回家路上淋溼了。
Lacey	好主意！
Monica	好了，這個就是最後一個待辦事項了。有人從阿拉伯聯合大公國那裡寄了電子郵件給我，而且全都是阿拉伯文，但這個人看起來是我們的潛在客戶。妳有認識誰會說阿拉伯文的嗎？
Lacey	我來幫妳翻那封電子郵件。我大學的輔修其實就是阿拉伯語。
Monica	太棒了！我要走了。明天見。

各位現在應該感受得到什麼時候應該要用 will，什麼時候應該要用 be going to 了吧？有一位聰明的讀者，在看過【名詞篇】後留下了書評：「不用死記，而是透過理解和感受來教英文的書。」我藉著這本書想傳達的正是這個！You took the words right out of my mouth！每當遇到如此與我心意相通的讀者，我就覺得人生還是很值得的！就用這種 Life is beautiful! 的感覺繼續努力吧！

對了！在 will 和 be going to 之間奮戰的時候，還有另一個未來式助動詞正偷偷抬起了頭，說著「不要忘記我喔！」，它的名字就叫做 shall！當我還在青春的二八年華時，英文課在教未來式的時候，完全忽略了 will 和 be going to 之間的差異，而只把重點放在 will 和 shall 的差異上。因此，我把簡單未來、意志未來，第一、二、三人稱與單、複數等所有內容，統整成了一張圖表，還把它們全部擺在一起，每天 shall/will/will、shall/shall/will、will/shall/shall……唸個不停！我相信一定有老師不是使用這種方式來教英文的，不對，我想要相信有！人類的大腦和只要輸入指令就能運作的電腦不同，也就是說，學習語言時的大腦，不是那種單憑背誦圖表和反覆唸誦，就能讓你自由自在使用英文說話或寫字的系統！

另一方面，大部分美國講師在教未來式時，幾乎都不會把重點放在這個叫做 shall 的傢伙身上。與其說背後有什麼特別的原因，倒不如說是因為住在美國的時候，會遇到未來式助動詞 shall 的場

合十分罕見。那麼，到底在美國什麼情境下會碰到 shall 呢？

若是聽過由著名演員黛博拉·寇兒和尤·伯連納主演的《國王與我》（The King and I）的主題曲 *Shall we dance?* 的話，會發現歌曲中以 Shall we dance? 或 Shall we 開頭的句子共有八句之多。歌曲中的 Shall we ~? 全都是「我們要不要做……？」（Why don't we ~?）的意思，美式英文中最常會用到 shall 的情況就是這種句子情境。不知道為什麼，總覺得只用一首歌來學 shall 似乎有點不夠，那麼就再多看一段對話吧！

07_03_1

07_03_2

Student	Excuse me, Dr. Jenks. I'm having a hard time writing the term paper. Could you please make some time for me during the week?
Professor	Sure, any time after 3 is fine with me.
Student	Then, shall we meet at 3 o'clock tomorrow?
Professor	Oh, sorry. Unfortunately, tomorrow is the only day I'm not available. Why don't we meet the day after tomorrow? Around 3?
Student	Okay, sir. I'll meet you in your office at 3 o'clock sharp[1] that day.

1. sharp: 在時間表達後使用，表示「整點」的意思

學生	不好意思，Jenks 博士。我在寫學期報告的時候碰到了一些困難。可以請您在這週空出一些時間給我嗎？
教授	當然可以，我 3 點以後都可以。
學生	那麼，我們約明天 3 點可以嗎？
教授	哦，抱歉。很不巧明天是我唯一沒空的日子。我們要不要約後天？大概 3 點左右？
學生	好的，老師。我那天 3 點整會到您的研究室找您。

有一件事一定要了解，正如這篇對話所描述的場景，在類似「與教授對話」這種必須講究禮貌的對話之中，助動詞 shall 經常會出現！

未來簡單式介紹到這裡，已經有了 Will 和 Be going to，實在不夠用的話，還有 shall 可以用。接下來要介紹的則是未來進行式！未來進行式是「未來＋進行」的時態，因此會寫成 will be V-ing！（當然，這時把 will 替換成 be going to 也行，因此也能使用 be going to be V-ing！）正如字面所示，未來進行式表達的是在未來某個時間點上所進行的事項。如果要說它和 will 有什麼不同，那就是 **will 強調的是說話者的計畫或意志（將會做～）**，另一方面，**will be V-ing 強調的是在未來某一時間點正在進行的動作（將會正在做～）**。透過以下例句來看，兩者之間的這種差異就會更加明顯。

💬 I will swim at Waikiki beach when I go to Hawaii.

我去夏威夷的時候會在威基基海灘游泳。（我的計畫／意志）

At this time tomorrow, I will be swimming at Waikiki beach.

我明天的這個時候會在威基基海灘游泳。
（強調那個時間點正在做的動作）

為了那些仍然無法理解 will 和 will be V-ing 差異的人，接下來我設計了一篇有用到 will 和 will be V-ing 的具體情境對話，應該能為大家解除一點疑惑。

07_04_1

07_04_2

Vicky **Whoopee!**[1] Three days left till summer vacation!

Rebecca Do you have any special plans for this summer?

Vicky I'm going to Honolulu, Hawaii for the first time in my life!

Rebecca Fantastic! What will you do first when you get there?

Vicky I will swim at Waikiki beach, and I will eat plenty of coconuts. Oh, I will also dance the hula. What are you going to do on vacation?

Rebecca I'll just watch lots of **mushy**[2] romantic movies. I know they're all **cookie-cutter**[3] films, but watching them relieves my stress.

Vicky I used to **be wild about**[4] romantic movies, but I've **outgrown**[5] them.

---

1. whoopee：（在興奮的時候）呀呼！
2. mushy: 煽情的
3. cookie-cutter: 就像用模子印出來的一樣
4. be wild about: 對～狂熱
5. outgrow: 長大後（衣服等）變得不適合；隨著年紀變大而對～失去興趣

Vicky 呀呼！剩下三天就放暑假了！
Rebecca 今年夏天有什麼特別計畫嗎？
Vicky 我這輩子第一次要去夏威夷檀香山了！
Rebecca 好棒！妳到那裡第一件事要做什麼？
Vicky 我會在威基基海灘游泳，還有吃很多椰子。噢，我也會去跳草裙舞。妳放假打算要做什麼？
Rebecca 我只打算看一大堆煽情的愛情片。我知道這些電影全都千篇一律，不過看這種電影可以紓解我的壓力。
Vicky 我以前也非常喜歡愛情片，但我現在已經年紀大到對它們失去興趣了。

在 Vicky 和 Rebecca 的對話中，所有用到 will 的句子，表達的都是 Vicky 和 Rebecca 的計畫／意圖／意志。請把這些記住，接下來我們再聽聽看使用了 will be V-ing 的對話。

07_05_1

07_05_2

Grace I know **life is not all fun and games**[1], but this is just too much work.

Isabella Grace, at this time tomorrow, you will be swimming at Waikiki beach, so why don't you just get this thing done as soon as possible and get out of here?

Grace Thanks for reminding me of my holiday plan. What will you be doing at this time tomorrow?

Isabella Good question! While you are swimming at the beach, I'll be working on another project right here.

Grace There's no summer vacation for you?

Isabella I had to **forfeit**[2] my vacation in order to take over this new project.

Grace That's ridiculous! How come you've never even complained about it?

Isabella Well, it's not my style.

Grace **For crying out loud**[3], express your opinion. **As the saying goes**[4], **the squeaky wheel gets the grease**[5].

---

1. Life is not all fun and games.: 人生不是只有玩樂。
2. forfeit: 被剝奪，被沒收
3. for crying out loud: 可惡、真是的（用來強調不滿的表達方式）
4. as the saying goes: 老話一句
5. The squaaky wheel gets the grease.: 會吵的小孩有糖吃。

Grace	我知道人生不是只有玩樂，不過這工作也太多了。
Isabella	Grace，妳明天的這個時候就會在威基基海灘游泳了，所以妳要不要乾脆盡快把事情做完，然後離開這裡？
Grace	謝謝妳提醒了我度假計畫。妳明天的這個時候會在做什麼？
Isabella	好問題！當妳在海灘游泳的時候，我會就待在這裡處理另一個專案。
Grace	妳沒有休暑假嗎？
Isabella	為了接手這個新專案，我不得不放棄我的休假。
Grace	這太荒謬了！妳怎麼會從來連抱怨都沒抱怨過這件事？
Isabella	這個嘛，抱怨不是我的風格。
Grace	真是的，妳要把妳的意見說出來。老話一句，會吵的小孩有糖吃。

比起人的意圖或計畫，未來進行式更著重於描寫人的動作，因此，就像我們在 Grace 和 Isabella 的對話中所看到的一樣，透過這個時態能夠讓我們看到在此情境下的動作對比。所以 Isabella 在她說的第一句話中，為了安慰 Grace 而對比了「現在努力工作」與「明天的這個時候正在威基基海灘游泳」的動作。第二句則對比了「明天的這個時候對方在游泳」與「自己在處理專案」的動作，藉由這種對比，便能烘托出其戲劇性元素。到這裡應該有慢慢感受到它們兩個差在哪裡了吧，我們就再聽一篇對話，當作 the icing on the cake 吧！（錦上添花：icing 是用砂糖製作的、用來裝飾蛋糕的奶油，也就是說，蛋糕本身就已經很棒了，還在蛋糕上加了裝飾用的 icing，所以就成了錦上添花的意思。）

(on the phone)

Wife	Honey, are you still at work?
Husband	Yeah, I'm in the middle of something here, but I'll be leaving in a few minutes and arriving home about a quarter to eight.
Wife	Okie Dokie! When you arrive, I'll be cooking some Italian food.
Husband	If that's the case, I'll stop by Publix and select a bottle of fine wine.
Wife	Great! That'll be the icing on the cake!
Husband	Do you need anything else from the grocery store?
Wife	That's pretty much it.
Husband	Ok, then I'll see you in a little while.

（電話中）

妻子	親愛的，你還在公司嗎？
丈夫	是啊，我還在這裡處理一些事情，不過我等一下就會離開了，大概會在七點四十五分到家吧。
妻子	好！當你到家的時候，我會在煮一些義大利料理。
丈夫	如果是這樣的話，那我會順路去 Publix（佛羅里達著名的食品店）挑一瓶好葡萄酒。
妻子	太好了！那樣的話就更棒了！
丈夫	妳在食品雜貨店還有需要買什麼東西嗎？
妻子	差不多就這樣了。
丈夫	好，那就等一下見吧。

我有問題！
與前兩篇對話不同，這次對話中出現的幾句話，
就算將 will be V-ing 替換成 will，
在意義上似乎也沒有什麼不同。
在這種情況下，不使用未來簡單式（will），
而一定要使用未來進行式（will be V-ing）的
理由是什麼呢？

事實上，未來簡單式和未來進行式對於母語人士來說，在某些情況下是能 interchangeably 使用的。換句話說，這兩者沒什麼差別，用這個也可以，用那個也行的意思。然而，就算是這種情形，這兩者間其實還是有很細微的差異，學的比較深入、或是語感比較好的人就會知道它們之間的差別。未來簡單式（will/be going to）主要傳達的是發生在未來的 cold and dry fact（冰冷枯燥的事實），另一方面，未來進行式則是以更 soft 和溫和的態度來傳達未來事實。舉例來說，當老闆對祕書說 I'll be having lunch in my office from 12 to 1. 時，傳達出來的感覺與說 I'll have lunch from 12 to 1. 有著明顯差異。前者是以溫和的態度告知自己的計畫，所以在感覺上是「從 12 點到 1 點我會在辦公室裡吃午餐，所以這段時間如果有事的話還是可以找我」，但後者聽起來則較為冷淡無情緒，帶有強烈「我 12 點到 1 點在吃午餐，那個時間不要打擾我」的感覺。當然，在世界各地還是有很多人不了解這兩者間的語感差異，但大家現在已經知道它們的不同之處了，之後到了美國就不會因為沒搞懂別人的意思，而被人白眼囉！

總之，因為上面提到的這個原因，所以當祕書要和老闆說今天的行程、或是導遊要告知旅客接下來的旅遊行程時，使用未來進行式就能讓口氣變得更溫和、更 professional！

大家若想看看是不是真的和我說的一樣，不妨去美國玩玩，但如果不想去美國，也可以聽聽看底下這個導遊所說的話。

07_07_1

07_07_2

The travel itinerary for today is as follows:

You'll be leaving Destin, FL at 6 a.m. and arriving in New Orleans at 10 a.m. You'll be visiting the Louis Armstrong Park for two and a half hours, and then, you'll be having lunch at 12:30 p.m. After lunch, you'll be touring the historic French Quarter until 5:30 p.m. You'll be having dinner and watching a Jazz gig at an outdoor Jazz Café from 6 to 9 p.m. Finally, you'll be clubbing▸ on Bourbon St. from 9 to 11:30 p.m.

以下是今天的旅遊行程：
您將在早上 6 點離開佛羅里達的 Destin，並於上午 10 點抵達 New Orleans。然後會先在 Louis Armstrong Park 參觀兩個半小時，再於中午 12 點半吃午餐。午餐之後，會去歷史悠久的 French Quarter 遊覽到下午 5 點半。晚上 6 點到 9 點，會去一間露天爵士咖啡廳吃晚飯和看爵士樂表演。最後，從晚上 9 點到 11 點半會去 Bourbon 街上的夜店玩。

▸ 我們通常會以為像 tour 或 club 這種單字是名詞，不過其實有很多單字都可以當成動詞使用。

其實，我在美國生活一段時間後，驚訝地發現，在和別人談到不久後就會發生的事情時，這些母語人士最常用的時態表達不是 will，不是 be going to，也不是 will be V-ing，而是現在進行式！不只是這樣，有時甚至會用上現在簡單式。這些人就是傳說中「會用現在式代替未來式」的那些傢伙，不過這事實上並沒有像聽起來的那樣令人害怕，所以我們就放輕鬆和那些傢伙對話吧！

07_08_1

07_08_2

Won-sang　I'm seeing Do-jun tonight. Do you want to join us?

Dong-eun　I'd love to, but I'm taking the TOEFL this Friday, which means only three days left!

Won-sang　You're going to be fine. You speak English better than anybody in this class, and I believe hard work always **pays off**[1].

Dong-eun　Thanks, but what I'm concerned about is my reading skills.

Won-sang　Remember, skimming and scanning skills are the most critical reading skills. Also, always try to see the big picture.

Dong-eun　I got it! Thanks for your tips. By the way, when are you leaving for Seoul?

Won-sang　Next month. I'm taking a short trip to Orlando, and then I'm going back to Seoul.

Dong-eun　Then, I'll see you at your going away party! In case I don't, have a safe trip back home!

Won-sang　Thanks, man!

---

1. pay off: 取得成功、得到好結果

Won-sang　我今晚會和 Do-jun 見面。你要一起來嗎？
Dong-eun　我很想，但我這星期五要考托福，也就是說只剩三天了！
Won-sang　你一定會考好的。你是這個班裡英文說得最好的，而且我相信努力一定會有收穫的。
Dong-eun　謝了，但我擔心的是我的閱讀能力。

163

Won-sang	記得，略讀（快速瀏覽、略去部分內容，找出文章重點）和尋讀（快速找出文章中的特定訊息）是最重要的閱讀技巧。另外，一定要試著去看整體（不要見樹不見林）。
Dong-eun	我知道了！謝謝你告訴我訣竅。對了，你什麼時候要去首爾？
Won-sang	下個月。我會先去一下 Orlando，然後再回首爾。
Dong-eun	那麼，我們就在你的歡送派對上見吧！不過以免我們沒見到面，還是先祝你平安回家！
Won-sang	謝啦，老兄！

在他們的對話之中，所有用現在進行式表達的內容都是不久之後的未來。但就只是這樣嗎？那麼現在簡單式表達的又是什麼？

(on the train)

07_09_1

07_09_2

Julia	You look pretty exhausted.
Susan	I've been busy packing things up and preparing for the new semester throughout the entire week.
Julia	When does the spring semester start at FSU?
Susan	It starts on January 9th this year.
Julia	Why don't you get some shuteye[1]? I'll wake you up when we get to Tallahassee.
Susan	What time does the train arrive there?
Julia	The train arrives there at 5 o'clock.
Susan	Thanks, I'll have a siesta[2], then.

1. shuteye: 睡覺（閉上（shut）眼睛（eye））
2. siesta: 午睡

（在火車上）

Julia	妳看起來好累。
Susan	我一整個禮拜都在忙著收東西和為新學期做準備。
Julia	FSU（Florida State University：佛羅里達州立大學）的春季學期什麼時候開始？
Susan	今年在 1 月 9 日開始。
Julia	妳要不要睡一下？我們到 Tallahassee 的時候我會叫妳。
Susan	火車什麼時候會到那裡？
Julia	這班車五點會到。
Susan	謝了，那我就睡個午覺吧。

在 Julia 和 Susan 的對話中，現在簡單式所表達的都是未來。

大家也可以仔細觀察一下我們中文的日常會話，就會發現其實中文在提到不久之後的未來時，也常會用現在式來表達。「我明天會拿去給他」會說成「我明天拿去給他」或者「這輛火車三點將會抵達廣州」也會說成「這輛火車三點到廣州」，英文也能以相同方式來理解。

我有問題！
老師說過現在簡單式和現在進行式可以代替未來式，
那麼用現在簡單式寫出來的句子和
用現在進行式寫出來的句子，意思是一樣的嗎？
還是會有我們應該要知道的差異呢？

當然會有微妙的差異呀！一般來說，**美國人在日常會話中，最喜歡使用現在進行式來表達不久之後的未來**，前面 Won-sang 和 Dong-eun 的對話就是典型的例子。此外，使用現在簡單式的情境，在相較之下會比使用現在進行式的情況少很多，這是因為能

夠使用現在簡單式的情境有限。**現在簡單式所表達的是「確切的未來」而非「模糊不清的、不久之後的未來」**。如果你們說「老師，人生中哪裡會有確切的未來啊？」的話，那我也不能說什麼，不過人生在世還是會有「比較」確切的未來吧？例如火車或公車的班次時間表、飛機的起降時刻、求學時的課程大綱或課表等等，比比皆是。上面提到的這些，如果拿來和朋友之間約吃晚餐、或是週末要去買東西之類的計畫相比，應該仍可被看作是較為確切的未來吧？

因此只有在這些情況下，才能利用現在簡單式來代替未來式。Geoffrey Leech 先生在其著作中，透過下面這兩個句子，總結了這種利用現在簡單式代替未來式所表達的確定性。

When do we get there? (e.g. according to the train timetable)

我們什麼時候會到那裡？（例如：根據火車時刻表）

When will we get there? (e.g. if we travel by car)

我們什麼時候會到那裡？（例如：如果我們開車去的話）

這樣一比較就非常簡單明確了！如上所示，如果是透過火車或飛機旅行，且可透過時刻表等預測確切的抵達時間，那麼這時就會使用現在簡單式；但如果是開車或徒步旅行，那麼抵達時間相較之下就充滿不確定性，這時就會使用 will。這種助動詞不同所帶來的細微差異，就是我一直強調的 Grammar-in-Context（根據句子情境使用正確的文法）的精髓所在！

CHAPTER

8

助動詞幫幫我吧！

HELPING VERBS ▶

▶ 也就是「助動詞」，在美國有 Modals、Auxiliary Verbs、Helping Verbs 等說法，這裡我將會使用最容易理解的 Helping Verbs 來說明。

這裡的 helping 就是「幫助的」，所以把英文 helping verbs 直譯成中文後就是「助動詞」了。在這一章中，我們一起看看助動詞是怎麼幫助動詞並為動詞增添更多意義的吧！

那麼，我們第一個看到的助動詞，就是為動詞增添勸告涵義的 should！

08_01_1

08_01_2

Angela	I hate to say this, but I think you should know it.
Caitlin	Know what?
Angela	I mean, I don't mean to hurt you or anything, but....
Caitlin	Just **spit it out!**[1] What is it?
Angela	Okay, rumor has it that you got promoted due to favoritism. They think you've known the **proprietor**[2] of this hotel personally for a long time.
Caitlin	That's such an **unfair rumor**[3]. I had never even met him before I got hired here.
Angela	I feel your pain, but that's the nature of any rumor.
Caitlin	I can't just **smile away the rumor**[4]. What am I supposed to do?
Angela	Unfortunately, there's no way to figure out who has spread the rumor, which means you should just ignore it. In the meantime, however, you should show them you are capable and deserve this position.
Caitlin	Basically, you're saying that I should work harder.
Angela	Exactly!

1. Spit it out!: 直說吧！
2. proprietor: （飯店、事業體、報社等的）業主
3. unfair rumor: 不公平的謠言
4. smile away ~: 對～一笑置之

Angela	我真的很不想說這種話，但我覺得妳應該要知道這件事。
Caitlin	知道什麼？
Angela	我是說，我不是想傷害妳還是什麼的，只是……
Caitlin	妳就直說吧！是什麼事？
Angela	好吧，有謠言說妳會升遷是因為有人特別照顧妳。他們認為妳私底下和這間旅館的老闆已經認識很久了。
Caitlin	這可真是個不公平的謠言。我在這裡工作之前甚至從來沒見過他。
Angela	我懂妳的感覺，但謠言本來就是這樣。
Caitlin	這個謠言我沒辦法就這樣一笑置之。我應該要怎麼做才好？
Angela	不幸的是，我們沒辦法知道是誰散布了這個謠言，也就是說妳應該要直接無視它就好。不過，在此同時妳應該要向他們展現出妳有能力且配得上這個職位。
Caitlin	基本上妳就是在說我應該要更努力。
Angela	沒錯！

就像這篇對話所呈現出來的，這個叫 should 的傢伙，可以用來對朋友提出一些比較輕鬆的勸告，不過，上位者也可以用 should 向下位者提出較為鄭重的勸告。因此我在和學生溝通時，經常會用到的助動詞就是這個 should 啦！

08_02_1

08_02_2

Teacher	Sung-min, you're 40 minutes late. You should arrive here before the class starts.
Student	Let me explain. I commute by car, and my car broke down in the middle of the road this morning. But fortunately, it happened right in front of a car repair shop. After they fixed my car, I tried my best not to be too late. However, because of the road resurfacing project on Tennessee Street, some roads were closed, and I couldn't **take the shortcut**[1] to school today.
Teacher	Okay, you seem to have a **legitimate**[2] reason. Oh, and there's one more thing I want to **reiterate**[3]. You should be aware of the fact that most American schools are very strict about plagiarism.
Student	I am aware of that.
Teacher	I'm talking about the homework assignment you handed in last Friday.
Student	Oh, I'll explain that too. Since I had studied very hard, I thoroughly understood the subject matter. However, writing in English is still difficult for me. As you know, English is my second language. So I copied just a few sentences from the article, but **I swear**[4] I didn't mean to plagiarize the whole thing.
Teacher	It's still plagiarism even if you copy only one sentence. You could be kicked out of school for that reason here in America, and my job is to get you prepared for American college.

Student　　**I'm so sorry. I will keep that in mind.**

1. take a short cut: 抄近路
2. legitimate: 正當的;合法的
3. reiterate: 重申、再說一次
4. I swear: 我發誓

老師	Sung-min,你遲到了 40 分鐘。你應該要在課堂開始前就到這裡的。
學生	請讓我解釋。我是開車上下學的,而我的車今天早上開到半路就壞了。但幸好它剛好就壞在一間修車廠的前面。在我車修好後,我就盡我所能試著不要遲到太久。不過,因為 Tennessee 街上的鋪路工程,有一些路被封掉了,所以我今天也沒辦法抄近路來學校。
老師	好吧,你看樣子是有正當理由。噢,還有一件事我想再次重申。你應該有注意到,大部分的美國學校對於抄襲這件事都是非常嚴格的。
學生	我有注意到這件事。
老師	我在說的是你上週五交上來的回家作業。
學生	噢,這件事我也要解釋一下。因為我做了非常多研究,所以我徹底理解了這個主題的內容。不過,用英文寫作對我來說還是很困難。如您所知,英文對我來說是外語。所以我只是從那篇報導中抄了幾個句子,但我發誓我不是想要整個都拿來抄。
老師	即使你只是抄一句也還是抄襲。你在美國這裡可能會因此被學校開除,而我的工作是要讓你準備好進美國的大學。
學生	我很抱歉。我會記得這件事的。

　　在美國人的日常對話中,另一個像 should 一樣經常用來表達勸告的助動詞,就是 had better,如果把 should 和 had better 用中文解釋的話,should 可說是「應該~」,而 had better 則可以解釋為「最好去做~」。但這兩者不只是在解釋上有所不同,在使用情境上也確有不同。如果說 should 主要用於提出一般性勸告,那麼 had better 還帶有若不聽從這個勸告所會受到的後果(or you're gonna be in trouble!——不然你就會有麻煩了！）如果你覺得像這樣用中文說明，還是會讓你有點搞不清楚其中差異，那我們就透過英文例句的情境來理解吧。

💬 You should **buckle up**[1] when you drive.

你開車的時候應該繫上安全帶。

Hey, my father **is very anal about**[2] fastening seat belts; you'd better buckle up before he gets in the car.

嘿，我父親對於繫安全帶這件事非常在乎，你最好在他上車前繫上安全帶。

> 1. buckle up: 繫上安全帶
> 2. be anal about: 非常在乎（到了吹毛求疵的程度）

第一句是一個一般性的勸告，不分你我，都應該在開車時全程繫上安全帶，另一方面，第二句提到我父親他對繫安全帶這件事非常在乎，與其說是一般性的勸告，不如說是為因應特殊情境而做的勸告。簡單來說，就是帶有「不繫好安全帶的話，我無法保證我父親會怎麼樣」這種感覺（不聽我的話，你就有麻煩了）的勸告。讓我們看看另一個會用到 had better 的特殊情境吧！

08_03_1	**Maggie** Hey, Ted. Jill's **eyes were puffy from crying**[1]. She thinks you don't care about her in the least.
	Ted That doesn't make any sense! I do care about her.
	Maggie Did you know yesterday was her birthday?
08_03_2	**Ted** Yikes! I completely forgot about it!
	Maggie She's even thinking about breaking up because of that. You'd better do something to **make up for missing her birthday**[2].

Ted	I would do anything! But I'm afraid it's too late now.
Maggie	Better late than never!

---

1. eyes are puffy from crying: 眼睛都哭到腫了（puffy：（眼睛、臉等）腫脹）
2. make up for ~:（為糾正錯事）彌補

Maggie	嘿，Ted。Jill 的眼睛都哭到腫了。她認為你一點都不在乎她。
Ted	胡說八道！我當然在乎她。
Maggie	你知道昨天是她的生日嗎？
Ted	啊！我完全忘記了！
Maggie	她還因為這件事正在考慮要分手。你最好做點什麼來彌補忘了她生日的這件事。（不然，她可能會提分手）
Ted	我什麼都願意做！但我怕現在已經太晚了。
Maggie	晚做總比不做來得好啊！

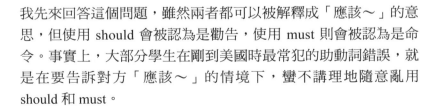

我有問題！
用來提出勸告的助動詞 should，
用中文解釋的話是「應該～」的意思，
那麼也能解釋成「應該～」的助動詞 must，
和 should 有什麼不一樣呢？

我先來回答這個問題，雖然兩者都可以被解釋成「應該～」的意思，但使用 should 會被認為是勸告，使用 must 則會被認為是命令。事實上，大部分學生在剛到美國時最常犯的助動詞錯誤，就是在要告訴對方「應該～」的情境下，蠻不講理地隨意亂用 should 和 must。

YOU
MUST
NOT

use this microwave!

我希望大家能注意到我說的「蠻不講理」，這是因為，如果是只需要使用 should 這個程度的助動詞來提出勸告的情境，你卻用上了 must，那麼聽起來的感覺就是「蠻不講理」！這是因為 must 這個字很重（It's a STRONG word ~!），所以用的時候必須更謹慎。在強硬命令被視為理所當然的軍隊裡，或者當老師、父母對學生、孩子感到非常生氣的時候，可以理解會聽到這種程度的命令式詞彙，不過即使是在那樣的情境之下，美國人仍多半會選擇使用 have to 這個表達方式。

好了，在學習 have to 和 must 的時候，要知道的就只有兩件事。第一，must 和 can/will/shall 不同，它沒有過去形，所以必須使用 have to 的過去式 had to 來代替！（同理，碰到要用未來式時會用 will have to 來代替）第二，雖然這兩者基本意思相同，但用在否定句時意思會有很大的差異！讓我們透過例句來了解一下吧！

💬 **You must not use this microwave.**

你（絕對）不行使用這台微波爐。

You don't have to use this microwave.

你沒有一定要使用這台微波爐。

可以看到前者的句意帶有「絕對」意味，具有禁止的意思。另一方面，後者表達的則是「不一定非要用」這個微波爐，但如果你願意，也可以用。換句話說，後者提供了兩個選項，可以使用這個微波爐，但不喜歡的話也可以不要用。我們再透過對話確認一下這兩者的差異，然後就進入下一階段吧！

08_04_1

08_04_2

Kate Hey, the musical starts at 7. We'd better hurry up!

Meg Do I have to watch the musical?

Kate No, you don't have to, but it's going to be a **mind-blowing**[1] experience!

Meg Well, then, **I'll just pass**[2] this time. My room is really messy now, and I think it's time to do some cleaning up.

Kate Suit yourself!

1. mind-blowing: 讓人留下深刻印象的；令人驚奇的
2. I'll pass!: 我跳過！

Kate 嘿，那部音樂劇在 7 點開始。我們最好快一點！

Meg 我一定要看那部音樂劇嗎？

Kate 沒有，你不看也可以，不過這應該會是個非常難忘的經驗！

Meg 這個嘛，那我這次先跳過好了。我的房間現在真的很亂，所以我覺得是時候來打掃一下了。

Kate 隨便妳！

結論就是，如果你想要使用符合情境的文法，又想要兼顧表達圓融，最安全的方法就是在需要說「應該～」的時候，就直接使用 should！在這種情形下，可不要一直堅持使用 must 啊！

儘管我在「我有問題！」裡面說過，比起 must，美國人更常使用 have to，但其實我卻常在美國人的日常生活中聽到 must。原因就是，must 除了有「必須」的意思之外，還帶有其他涵義。例如，如果你對於一項事實有著 100% 的信心，you **must** use 'must'！（你一定要使用「must」！）舉例來說，You **must** be kidding! 並不是「你應該要開玩笑」，而是「你一定是在開玩笑」的意思，說明到這裡，大家是不是有了百分之百的信心了呢？The next part must be a dialogue！

178

Zion	Mom, I'm home!
Sean	Mom's not home.
Zion	Where's Mom? And where's James?
Sean	Mom's looking for James, and James must be hiding somewhere.
Zion	What's going on?
Sean	What happened was…. He failed his physics class. Mom begged his teacher to give him a second chance, and he's taking a **make-up test**[1] tomorrow. Of course, Mom was helping him with that, but he **sneaked out of the house**[2] and went swimming with his buddies while Mom went to the bathroom.
Zion	I can't believe it! I am aware that he's not wild about studying physics, but he's never shirked his responsibilities before. In any case, Mom must be pretty disappointed with him.
Sean	Yeah, Mom thinks what she says doesn't **carry weight with him**[3] any more.

---

1. make-up test: 補考（給成績不好、或因個人因素無法參加考試的學生的第二次考試機會）
2. sneak out of ~: 偷偷從～溜走（sneak into ~：偷偷溜進～）
3. carry weight with ~: 對～具有影響力

Zion	媽媽，我回來了！
Sean	媽媽不在家。
Zion	媽媽在哪裡？還有 James 在哪裡？
Sean	媽媽正在找 James，James 一定是躲在什麼地方了。
Zion	發生什麼事了？

Sean	什麼事喔……他的物理不及格。媽媽去求他老師再給他一次機會，所以他明天要去補考。當然，媽媽正在幫他準備，但他在媽媽去上廁所的時候，從家裡偷溜了出去，然後和他的朋友們一起去游泳了。
Zion	我真不敢相信！我是知道他不怎麼喜歡念物理，但他之前從來沒有推卸過責任。不管怎樣，媽媽一定對他非常失望。
Sean	是啊，媽媽覺得她說的話對他來說再也沒有用了。

就像這樣，當說話者有 100% 把握的時候就會使用 must，而如果沒有那麼確定，就會用 should，再更不確定一些的時候會用 may，只有一點把握的時候則用 might。順帶一提，should 除了有「應該～」的勸告意義之外，也有表示推測的「可能～」的意思。總而言之，使用時必須根據說話者的肯定程度來挑選相應的助動詞！我把這些助動詞整理成了下面這張表。

---

must > should > may/may not > might/could

1. He must be at the library now. （我 100% 確定！）

2. He should be at the library now.
（應該是這樣，但無法 100% 確定——80%）

3. He may be at the library now. （我想大概是那樣——60%）

4. He might be at the library now. （有這個可能性——50%）

現在我們把這張表的內容全都放進下面這篇對話裡吧。

08_06_1

David	Did you hear that Uncle Harry is planning a big birthday bash[1] for Grandpa?
Chase	How cool! Grandpa must be really excited! Do you think Auntie Sally is going to be there?

David Uncle Harry told me she would decorate the place, so she should be there.

Chase That makes sense. Since she's an artist, birthday party decorations should be **as easy as pie**[2] to her. What about Uncle Jeff?

David Well, you know how much he cares about Grandpa, so he might be there. But then again, I also know that he's always on some business trip, so he might not be able to make it.

Chase So, you're telling me he may or may not be there. Am I right?

David Basically.

---

1. bash: 大型派對
2. as easy as pie: 就像吃飯一樣簡單（美國人不常吃飯，就用 pie 代替吧）

David 你有聽說 Harry 叔叔正在為爺爺籌辦一場大型生日派對的事了嗎？

Chase 太好了！爺爺一定會非常高興的！你覺得 Sally 姑姑也會去派對嗎？

David Harry 叔叔跟我說她會去布置那個地方，所以她應該是會到。

Chase 說的也是。她是個藝術家，生日派對的布置對她來說應該非常簡單吧。那 Jeff 叔叔呢？

David 這個嘛，你知道他有多在乎爺爺，所以他也許會到吧。不過話說回來，我也知道他老是在出差，所以他也有可能到不了。

Chase 所以，你是說他有可能會來，不過也有可能不會來。是這樣嗎？

David 基本上是這樣。

此外，根據肯定的程度，可以選擇使用的助動詞有很多，其中最常用來表達確信的助動詞就是 cannot(can't)。關於這部分，與其用解說的，不如讓我們再來聽一段對話吧！

181

08_07_1

08_07_2

Woman Excuse me, sir. How can I get to the nearest post office around here?

Man I'll show you a simple and easy way. Go straight and turn left. Then, continue to walk and make a right on Park Avenue. It's the second building on your right. You can't miss it.

Woman Many thanks!

女人 不好意思，先生。這附近最近的郵局要怎麼去？

男人 我告訴妳一條簡單又好走的路。直走後左轉，然後繼續走並在 Park 大道右轉。在妳右手邊第二棟建築物就是了。妳不可能會沒看到它的。

女人 非常謝謝你！

對話裡男人的意思是，郵局非常好找，所以只要按照自己說的路線走，他有 100% 的把握對方絕對不會錯過那個地方。就如同對話裡所呈現的，cannot(can't) 也可以用來表達肯定，不過必須注意的是，**可以用來表達出等同於 must 這種肯定程度的是 cannot**，絕對不是 can 喔！can 所表達的不是與 must 相同程度的確信，而是只能用來表達相當於 may 這種程度的可能性。此時若想知道 may 和 can 的差異為何，比起將重點放在「可能性程度」的差異上，更應關注它們在「使用情境」上的不同。Geoffrey Leech 先生在其著作《A Comunicative Grammar of English》中，將此種使用情境上的差異清楚整理如下。

(1) The railways may be improved. （基於事實）

→ Perhaps the railways will be improved.

(2) The railways can be improved. （理論上的）

→ It is possible for the railways to be improved.

透過這兩個例句，Leech 先生想表達的是，句 (1) 的意思是推測鐵路局也許會改善鐵路，因此這句話有可能是那些曾聽過這類新聞的人所說出來的，也就是說，就算是對鐵路工程一無所知的人，也能說出這句話。另一方面，句 (2) 表達的則是理論上這條鐵路可以改善，因此推測必須是對於鐵路工程有所認識的專家才會說出這句話。那麼，接下來我們就把 Leech 先生的這兩個句子用在對話裡看看吧！

(1)

08_08_1

08_08_2

Train Driver	We've recently had a few problems with the railways around this area. We might have to find a way to solve them sometime very soon. You know, it's always safe to nip any problems in the bud.
Engineer	Oh, absolutely! May I see the railway map please?
Train Driver	Certainly! Here it is.
Engineer	Let me see. Hmm, I think this part of the railways can be improved.

火車駕駛	最近我們在這區附近的鐵路上碰到了一些問題。我們也許得快點找到方法來解決它們。你知道的，未雨綢繆總是安全的。
工程師	噢，絕對是這樣沒錯！可以請你讓我看一下鐵路路線圖嗎？
火車駕駛	當然！在這裡。
工程師	我看看。嗯，我想這部分的鐵路應該可以改善。

HE CAN DO IT! SHE CAN DO IT! WHY NOT ME?

08_09_1

08_09_2

(2)

Nicole　Geez, the train's always **rattling**[1] on this part of the railway. I mean, to the point that I feel **queasy**[2]! I don't know how I'm going to take this train for three more years.

Olivia　I know what you mean, but don't worry about it. The railways may be improved soon. I heard that many people have written formal complaints to the Federal Railroad Administration.

---

1. rattle:（火車等）發出碰撞聲
2. queasy: 想吐的

Nicole　天啊，火車每次走到這個路段的時候都會發出碰撞聲。我的意思是，嚴重到都讓我覺得想吐了！我不知道我要怎樣再搭這火車搭三年。

Olivia　我懂妳的意思，但不用擔心。這鐵路可能很快就會改善了。我聽說已經有許多人寫了正式投訴給聯邦鐵路管理局了。

can 和 can't 都是與確信或可能性有關的助動詞。不過大家看到 can 和 can't 的時候，首先會想到的應該是別的使用情境吧！也就是我們曾聽到的 He **can** do it! She **can** do it! Why not me? 這種使用情境。這樣一想也是啊！英國人會英文，美國人也會英文，那我怎麼可能沒辦法學會呢？不管怎樣，這種使用情境我們早就會了，所以就直接 Pass 吧！

我們前面有學到，要表達現在的習慣就用現在簡單式，若是過去的習慣，則可以使用過去簡單式。不過，我現在要告訴大家，在表達過去的習慣時，英文母語人士們最常使用的其實是助動詞 used to 喔！

這是因為，可以使用過去簡單式來表達的情境非常多，但會用到 used to 的情境卻只限於表達「過去的習慣」，所以說話者不需要擔心自己表達錯誤，用起來自然就很愉快、爽快和明快。同樣地，比起也可以用來表達過去習慣的另一個助動詞 would，used to 其實更常用。此外，would 除了用來表達「過去的習慣」之外，還可以用在很多地方，並因此有著各種不同的解釋。舉例來說，I **used to** go there. 是「我以前常去那裡」的意思，但如果是說 I **would** go there，除了可以解釋成「我以前常去那裡」的意思之外，也可以解釋成「如果是我的話，我會去那裡」的意思（省略掉 If I were you, I **would** go there! 裡的 if 子句後的情況）。▸ 在這種情況下，美國人 100% 能接受後面這種語意解釋。聽聽下面這篇有用到 would 的對話，應該就能輕鬆理解了。

08_10_1

08_10_2

Tiffany	(After Avis sings) Wow, **marvelous**[1]! Your singing always sounds so magical.
Avis	Oh, thanks. I'm anxious about the auditions next week, and I **feel like**[2] there will be quite a number of competitors.
Tiffany	Having such an attractive voice, I wouldn't worry about it. You're going to blow their minds!
Avis	**No wonder we're close friends**[3].
Tiffany	So what kind of auditions are they?
Avis	One is for a Broadway musical company, and the other is a jazz band audition. The thing is, even if I get selected by both of them, I'm torn between the two.

▸ 對此將在 Chapter 11 的「假設語氣」中正式加以說明。

Tiffany	Why don't you list the **pros and cons**[4] of both and choose the better one?
Avis	Well, choosing the musical company has more pros than cons in every regard; it's a more stable job, and they provide good benefits. However, jazz has always been a huge part of my life, and I believe I can **reach my fullest potential**[5] in jazz music.
Tiffany	If that's the case, you know what? I would just **follow my heart**[6].

1. marvelous: 很棒的
2. feel like 主詞＋動詞: 感覺好像～
3. No wonder we're close friends.: 大概可以解釋成「會説出這種話，難怪我們會是好朋友啊」的意思。
4. pros and cons: 優點和缺點
5. reach one's full potential: 發揮～的全部潛力
6. follow one's heart: 跟著～的心走

Tiffany	（Avis 唱完歌後）哇，真棒！妳唱歌總是聽起來這麼迷人。
Avis	噢，謝謝。我對下週的選秀覺得很焦慮，而且我覺得好像會有非常多人競爭。
Tiffany	有著這麼迷人的嗓子，是我就不會擔心這件事。妳會讓他們覺得驚豔的！
Avis	難怪我們會是好朋友啊。
Tiffany	所以是哪種選秀啊？
Avis	一個是百老匯音樂劇公司的，另一個則是爵士樂團的選秀。問題是，即使他們兩個都選了我，我也很掙扎要選哪個。
Tiffany	妳要不要把他們兩個的優缺點列出來，然後再選比較好的那個？
Avis	這個嘛，選擇音樂劇公司的話在各方面都是利多於弊；工作更穩定，而且他們還提供很棒的福利。不過，爵士一直都占據了我生活的一大部分，而且我認為我在爵士樂上最能夠發揮我的全部潛力。
Tiffany	如果是這樣，妳知道嗎？是我就會乾脆跟著我的心走。

這篇對話中有用到 would 的句子，前面本來是有 If I were you，（如果我是你的話）這個子句的，在知道被省略的是什麼之後就好懂多了吧。

💬 **If I were you, I wouldn't worry about it.**

如果我是你的話，我不會擔心這件事。→ 是我就不會擔心這件事。

If I were you, I would just follow my heart.

如果我是你的話，我會乾脆跟著我的心走。→ 是我就會乾脆跟著我的心走。

結論就是，would 在美國更常用來表達假設語氣，所以若想用 would 來表達過去習慣，應該要更具體塑造出表示「過去習慣」的句子情境。換句話說，美國人只有在看到像 When I was a child, I **would** go there. 這種句子，才會理解到「喔！這裡的 would 表達的是過去習慣。」那麼我們接下來就把表示過去習慣的 used to 和 would 都用在對話裡試試看吧！

08_11_1

Vicky **My brain is fried!**[1] This is insane! We work from dawn to dusk, and we're not supposed to expect even a week off this summer?

08_11_2

Felicia I hear you! But, you know, these days things aren't going well businesswise.

Vicky I know, because of the sinking economy, blah blah blah... but we need to get some rest! We're not machines. I used to have a whole month vacation around this time each year in France.

Felicia Hey, although we can't afford to have a week off, we can take a break from work on the weekend. I actually have a great plan for this weekend. Why don't we get some new **shades**[2], drive to the nearest beach, and **chill out**[3] a little bit? I know a cool beach around here, and when I was a teenager, I would surf there every weekend in the summer.

Vicky　Wow, you must have really enjoyed surfing.

Felicia　I used to.

1. My brain is fried!: （因為動腦而）覺得腦力耗盡、
　　非常疲倦的意思。
2. shades: 太陽眼鏡
3. chill out: 放鬆

Vicky　我的大腦要炸了！這真是太瘋狂了！我們從早工作到晚，難道不該期待這個夏天至少能休一個禮拜嗎？

Felicia　我也這樣覺得！不過，你知道的，最近生意不怎麼順利。

Vicky　我知道，因為經濟不景氣什麼什麼的……但我們需要休息一下啊！我們又不是機器。我以前在法國，每年差不多這個時候都會有一整個月的假期。

Felicia　嘿，雖然我們沒辦法休一個禮拜，但我們週末還是可以脫離工作休息一下。我這個週末其實有個很棒的計畫。我們要不要買副新的太陽眼鏡、開車去最近的海灘，然後稍微休息一下？我知道這附近有個很棒的海灘，在我還是個青少年的時候，夏天我每個週末都會在那裡衝浪。

Vicky　哇，你一定真的很喜歡衝浪。

Felicia　我以前真的很喜歡。

有兩個相似詞是在學 used to 時必須注意的，就是 be used to（習慣於～）和 get used to（變得習慣～）！這兩個表達方式的意義相近，但只要記得在 Chapter 1 解說動作動詞和狀態動詞時，有提到的 Be 和 Get 的差異，那麼就能自然理解兩者間的差異囉！不管怎麼樣，used to 和它們的意義不盡相同且文法上的功能也不

同，因此使用時必須更加注意。首先，used to 是助動詞，因此它和 can/will/may 一樣都必須在後面加上原形動詞，而 be/get used to 不是助動詞，只是一種慣用表達，而介系詞的 to 後面不能加原形動詞，必須要加動名詞，就像下篇對話所呈現的那樣。

08_12_1

Tammy When I first came to Seoul in 2009, I was not used to living in such a huge city, but now I'm getting used to it.

Jung-ah Where are you originally from?

08_12_2

Tammy I come from a small town in England, and that's why I'm still not used to driving on the right.

Jung-ah Just keep practicing, and you'll **get the hang of it**[1]! By the way, have you **picked up**[2] some Korean expressions?

Tammy Not really. I just picked up a hot Korean guy.

Jung-ah Good for you! Congrats!

Tammy Sorry, I was just kidding. The truth of the matter is I'm not the kind of person who can pick up a foreign language easily. I know some Korean words, but only the basic stuff. So I try to keep my dictionary handy all the time.

Jung-ah In any case, I hope we can give you a positive experience while you're here in Korea.

Tammy Thanks!

---

1. get the hang of ~: 掌握做～的方法
2. pick up: 學習；認識（某人）

Tammy	我 2009 年第一次來首爾的時候，不太習慣住在這麼大的城市裡，不過現在我漸漸習慣了。
Jung-ah	妳是從哪裡來的？
Tammy	我來自英國的一個小鎮，而這就是為什麼我還是不習慣右駕。
Jung-ah	只要持續練習，妳就會開了。對了，妳有學會一些韓文了嗎？
Tammy	其實沒有。我只認識了一個性感的韓國男人。
Jung-ah	真不錯！恭喜！
Tammy	對不起，我開玩笑的。事實上我不是那種輕易就能夠學會外語的人。我知道一些韓文單字，不過就只是基本的那些。所以我努力把辭典放在我隨時能拿得到的地方。
Jung-ah	不管怎樣，我希望我們能在妳待在韓國這裡的時候給妳一些正面的感受。
Tammy	謝謝！

我想一定會有人想問：「助動詞有這麼多，學到這裡就夠了嗎？」。大家會有這種疑問也很正常，因為就連這本書的編輯也有這個疑問。不過，這本書的目標是要讓你能夠理解大部分美國人所說的句子和使用情境，而到目前為止，我們學過的這些助動詞用法及個別的細微差異，對於理解對話內容來說已經相當夠用了。此外，大家在我這裡學到的這些知識，幾乎可以全數套用在其他常常出現在會話中的助動詞上。所以大家不用再擔心會有漏掉什麼囉！

CHAPTER

9

你的名字是
完成、完成、完成！

FUTURE PERFECT
& MORE

坦白說，我最初在策劃這本文法書時，是帶著雄心壯志、想把所有和「完成」有關的時態都放在同一個章節裡的，但不知道怎麼搞的，還來不及寫單獨的「完成式」這章，就已經先寫了現在完成式和過去完成式！唉，人生哪有事事如意的呢？所以，這一章我會把剩下的未來完成式，以及所有與「完成」有關的內容全都結合在一起，讓我們好好看看吧！

我們可以把未來完成式理解成是未來與完成的相遇——will have p.p.！當然這邊可以用 be going to 來代替 will，這種程度的文法，我想現在就算不多做解釋，大家應該也都會了。

未來完成式指的是在未來的某個時間點，某個動作或狀態將會完成。因此，我們在 Chapter 6 學到的 was/were going to 是「過去的未來」，那麼 will/be going to have p.p. 則可以說是「未來的過去」。無法理解「未來的過去」這句話的人，可以聽聽下面這篇對話，你一定會拍著膝蓋並恍然大悟地說出「啊！原來是這個意思啊！」這句話的。

09_01_1

09_01_2

Lisa	Shoot! I've got puffy eyes from lack of sleep.
Mike	Are you suffering from insomnia these days?
Lisa	No, I just can't fall asleep because of stress!
Mike	Take it easy! What's eating you?
Lisa	My master's thesis! My **hunch**[1] was right. I've been working on it for over six months, and I haven't even finished the outline. On top of that, I need to submit three more term papers.
Mike	Everything's going to wrap up fine. I bet you will have finished writing all the three term papers by this time next week.
Lisa	And I am going to have completed my master's thesis by this time next year.
Mike	Bingo!
Lisa	Thanks a bunch! My mood has improved a whole lot!

194

Mike	Good! Speaking of which, when are you going to have finished your Ph.D. thesis?
Lisa	Mike!

Lisa	該死！睡不飽讓我眼睛都腫了。
Mike	妳最近失眠嗎？
Lisa	沒有，我只是因為壓力而睡不著！
Mike	放輕鬆點！妳在煩惱什麼啊？
Lisa	我的碩士論文！我之前的預感是對的。我已經寫了超過六個月，結果我甚至連大綱都還沒寫完。除了這個之外，我還有三份學期報告要交。
Mike	一切都會順利結束的。我敢打賭，妳在下星期的這個時候之前，就會把這三份學期報告全都寫完了。
Lisa	我也會在明年這時之前把我的碩士論文寫完。
Mike	沒錯！
Lisa	真的非常謝謝你！我的心情好多了！
Mike	很好！說到這個，妳什麼時候會把妳的博士論文寫完？
Lisa	Mike！

所有在 Mike 與 Lisa 的對話中出現的未來完成式句子，**表達的都是在未來的某個時間點時會結束某個動作（某個動作在該未來時間點已經完成）**。因此，從那個未來時間點往回看現在所說的話，現在所說的話就是過去發生的事情了，因此「未來的過去」這個名字其實取得很貼切。就像這樣，未來完成式會用來表示「在～之前會完成的情況／動作」，因此未來完成式的句子裡經常會出現用來表達「在～之前；在～的時候」意思的介系詞 by。

好了，那我們就順便把未來完成進行式也搞懂，然後就能真正和完成式說再見了！首先，未來完成進行式的句型是 will have been

V-ing。若想知道未來完成式與未來完成進行式的差異，就先利用我們在學現在完成進行式與過去完成進行式時的方法，從大方向來理解完成式與完成進行式間的差異吧！

為了那些不想再翻回前面查看的讀者們，我在這裡簡單整理了前面我們學過的內容，**完成式強調的是整體動作的完成，另一方面，完成進行式則著重於動作進行本身，或是動作持續進行的時間**。因此，未來完成進行式也和現在完成進行式／過去完成進行式一樣，都被用以強調動作的持續性，也因如此，在未來完成進行式的句子裡，經常會出現強調持續性的時間表達（如 for seven hours、all day long 等等）。噢，對了，進行式帶有的未完成感，也像是未熄滅的火苗般存在著，我們一起來看看吧！

接下來我就要把你們腦袋裡所有尚未熄滅的火種，全部集中起來點燃對話的火焰！

09_02_1

09_02_2

Nick Oh, man! Did you just hear that sound? It stung my ears[1]!

Brian I did, but I am used to this sort of noise pollution. As you might already know, I'll have been living in New York for 20 years by this time next year. If you want to live here, you have to learn to live with such noises[2].

Nick I tried to weigh all the pros and cons[3] of living in New York before deciding to move here… but I just never would have guessed noise pollution was such an issue here.

Brian I heard the mayor has been fighting against all sorts of pollutions. He'll have been working on it for 2 years by next month.

Nick　Evidently, he hasn't done a good enough job so far.

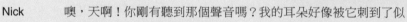

1. sting one's ears: 讓～的耳朵被刺到似的
2. live with ~: 承受～
3. weigh the pros and cons: 權衡利弊

Nick　噢，天啊！你剛有聽到那個聲音嗎？我的耳朵好像被它刺到了似的！

Brian　我有聽到，不過我很習慣這種噪音汙染了。就像你可能已經知道的那樣，我到明年的這個時候就已經在紐約住 20 年了。如果你想要住在這裡，就必須學著忍受這種噪音。

Nick　我在決定搬到這裡之前，就有先衡量過住在紐約的所有優缺點了……但我真的完全沒有想過噪音汙染在這裡這麼嚴重。

Brian　我聽說市長一直在對抗各種汙染。他到下個月的時候就已經為此奮戰兩年了。

Nick　顯然他到目前為止做得還不夠好。

在 Nick 和 Brian 的對話之中，用來強調動作持續性的未來完成進行式句子裡，出現了 for 20 years（20 年這段時間）及 for 2 years（2 年這段時間）等時間表達。

在這本書裡，目前已經出現過現在完成式、現在完成進行式、過去完成式、過去完成進行式、未來完成式及未來完成進行式，所以我們已經講解完所有的完成式了。不過，我們還不能就這樣在這裡結束，因為英文中會加上「完成」一詞的不是只有時態而已。各位聽說過完成式不定詞或完成式動名詞嗎？不過，其實只要好好運用我們到目前為止所學到的東西，就不用再害怕這些名字裡有著「完成」的文法了。在所有這些情境下，只要把完成式（have p.p.）看作 **time relationship indicator**（用來指出相對時間關係的指標）就可以了。好了！從現在開始，我會實現我在【名詞篇】Chapter 9 中許下的承諾，一次告訴大家什麼是完成式不定詞和完成式動名詞！

首先，只要透過比較句子來了解不定詞與完成式不定詞之間的差異，就能夠輕鬆明白，為什麼完成式不定詞會被視為 time relationship indicator。

💬 單純的不定詞（to ~）

John was pretending to read the book.

John 當時在假裝看那本書。

→ to read the book 和 was pretending

  是同一時間發生的事情

─────────────────────VS.─────────────────────

完成式不定詞（to have p.p.）

John was pretending to have (already) read the book.

John 當時在假裝已經看過那本書了。

→ to have read the book 和 was pretending 相比，

  是更早發生的事情

就如上面例句所示，完成式不定詞所表達的是比該句動詞所示時間，更早發生的動作或狀態。換句話說，使用單純不定詞的第一句，是 John 假裝「在看那本書」，而使用完成式不定詞的第二句，是 John 假裝「已經看過那本書（也就是假裝自己知道那本書的內容）」，這兩者所表達的意義當然不同，解釋也不同。就像這樣，為了使不定詞所表達的動作或狀態，比句子裡的動詞（也就是把不定詞當成受詞的動詞）發生時間更早，所以就為不定詞加上了「完成」來構成完成式不定詞！就讓我們透過對話來看看完成式不定詞吧！

Jarrad	There are lots of people on campus. Is there something going on?
Nick	Kimberly Brown passed away, and the funeral is being held on campus right now.
Jarrad	Who's Kimberly Brown?
Nick	The classical pianist from our school. I've heard quite a number of musicians are attending her funeral. That's probably why the campus is so crowded.
Jarrad	I know nothing about classical music, but she seems to have been a great pianist.

Jarrad	學校裡有好多人。發生什麼事了嗎？
Nick	Kimberly Brown 去世了，校內正在舉行葬禮。
Jarrad	誰是 Kimberly Brown？
Nick	我們學校畢業的古典鋼琴家。我聽說有很多音樂家都在參加她的葬禮。也許這就是為什麼學校裡人這麼多。
Jarrad	我對古典音樂一無所知，但她似乎是個很厲害的鋼琴家。

已故的人在世時似乎是個很厲害的鋼琴家，這是對於比 seems 更早發生的事所做出的推測，因此會使用能夠明確指出相對時間關係的完成式不定詞（**to have been** a great pianist）。為了清楚比較完成式不定詞與不定詞的差別，我們再來看看接下來這篇用到了不定詞的對話吧！

09_04_1

09_04_2

Debbie	Raziah Rwito **gave a piano recital**[1] last night.
Victor	How was it?
Debbie	She played pieces from Tchaikovsky's <The Nutcracker> on the piano. Her performance was marvelous in the **resonating**[2] **chamber**[3]. I don't know anything about music, but she seemed to be a great pianist.
Victor	That doesn't surprise me at all. I understand she and Vladimir Ashkenazy are very similar **with respect to**[4] their techniques.

1. give a recital: 舉行獨奏會
2. resonate:（聲音等）共鳴
3. chamber:（用於特定用途的）廳室
4. with respect to ~: 在～方面；關於～

Debbie	Raziah Rwito 昨晚舉行了鋼琴獨奏會。
Victor	覺得怎麼樣？
Debbie	她用鋼琴演奏了柴可夫斯基的《胡桃鉗》中的幾首曲目。她的表演在共鳴很好的演奏室裡聽起來特別棒。我完全不了解音樂，但她似乎是個很屬害的鋼琴家。
Victor	這對我來說沒什麼好驚訝的。我知道她在技巧方面和弗拉基米爾·阿胥肯納吉非常相似。

這邊說的是 Debbie 一邊聽演奏、一邊覺得 Raziah Rwito 是很屬害的鋼琴家，因此這邊所做的推測是和 seemed 同時發生的，所以應該要用不定詞（**to be** a great pianist）才對！

就像這樣，動名詞和完成式動名詞之間也有著相同差異。我們就把這些文法說明省略掉，直接跳入例句的海洋吧！

💬 單純的動名詞（ V-ing ）

Taking Dr. Kim's English class helps me to understand Shakespeare's works.

上金博士的英文課有助於我理解莎士比亞的作品。

→ Taking Dr. Kim's English class 是和 helps 發生在同一時間的事

完成式動名詞（ having p.p. ）

Having taken Dr. Kim's English class helps me to understand Shakespeare's works.

曾上過金博士的英文課讓我更能理解莎士比亞的作品。

→ Having taken Dr. Kim's English class 是比 helps 更早發生的事

在這裡，完成式動名詞表達的還是比該句動詞所示時間，更早發生的動作或狀態。現在，就讓我們徜徉在完成式動名詞的對話海洋之中吧！

Boss	Good morning!
Employee	Good morning, sir. How are you feeling today?
Boss	Having slept for nine hours makes me feel great.

Employee	Good. Oh, before I forget, do you know what you are going to do about renewing Muhammad's contract?

老闆	早安！
員工	早安，老闆。您今天好嗎？
老闆	睡了九個小時讓我覺得狀態很好。
員工	真不錯。噢，在我忘記之前，關於和 Muhammad 續約的事，您有想好要怎麼處理了嗎？

Boss	What do you think about it? You know your opinion carries weight with me.
Employee	I'm very flattered, sir. Although there have been some hiccups[1] because of the cultural differences, I have no reservations[2] about his ability to do this job.
Boss	I know what you mean. In fact, I've never regretted having hired him, but it still seems to be premature[3] to employ him as permanent staff. Why don't we just renew the contract for one more year?
Employee	You got it!

1. hiccup: 小問題
2. reservation: 存疑；保留意見
3. premature: 過早的、還不是時候的

老闆	你對這件事是怎麼想的？你知道我很重視你的意見。
員工	我真是受寵若驚，老闆。儘管因為文化差異而有些小問題，不過我對於他的工作能力毫不懷疑。
老闆	我知道你的意思。事實上，我沒有後悔過雇用他，不過要聘他當正式員工似乎還不是時候。我們要不要再續簽一年就好？
員工	沒問題！

就像上面這篇對話所說的那樣，只要你有實力，就算文化或膚色不同，一定還是到處都會有人想雇用你！接下來我把完成式不定詞和完成式動名詞都用在了同一段對話之中，我們就利用這段對話來總結一下這個部分吧。

09_06_1

09_06_2

Avis Man, it's really nice to have finished all the work!

Ah-young Are you kidding me? You started working on the project mid-night last night.

Avis Yeah, I did… but having taken a long nap made me feel really refreshed, and I could stay focused for several hours with no problem. That's how I finished everything overnight.

Ah-young I am really envious of you! I haven't even started it yet, and it's due tomorrow morning! I've been a **slacker**[1] lately.

Avis No worries! **I'll keep my fingers crossed for you!**[2]

Ah-young Thank you! With a friend like you, **life is a bowl of cherries**[3].

1. slacker: 偷懶的人
2. I'll keep my fingers crossed for you!: 我會為你祈禱的！
   (＝I'll cross my fingers for you!)
3. Life is a bowl of cherries!: 人生真美好啊！
   (也可以寫成 Life is not a bowl of cherries. 來表達相反的意思)

Avis 老天，把所有工作都做完真是太棒了！

Ah-young 你在跟我開玩笑嗎？你昨天半夜才開始處理那個專案。

Avis 是啊，沒錯⋯⋯但我午覺睡了很久，讓我覺得非常神清氣爽，所以我可以幾個小時都保持專注沒有問題。這就是我能在一夜之間完成所有事情的原因。

Ah-young 我真羨慕你！我甚至都還沒開始做，而且明天早上就要截止了！我最近一直很偷懶。

Avis 別擔心！我會為你祈禱的！

Ah-young 謝謝你！有像你這樣的朋友，人生真是美好。

在介紹過未來完成式和未來完成進行式,再加上完成式不定詞和完成式動名詞之後,關於「完成」已經沒有什麼特別想要介紹的了,那麼我們現在就把前面學到的助動詞和完成式結合在一起來看看吧。助動詞在和完成式結合之後,仍會保留其助動詞原意,但時態會變成過去式。這裡若用上 time relationship indicator 的概念,就可以輕鬆理解了。我把它們整理成了下面這個漂亮的表格。

現在		過去
should:應該～	→	should have p.p.:過去應該做～ (但是沒做)
could:可以～	→	could have p.p.:過去可以做～ (但是沒做)
might:也許～	→	might have p.p.:過去也許～
must:一定～	→	must have p.p.:過去一定～

現在讓我們用例句來比較一下這些助動詞。

(A) I should listen to both sides of the story.

　　我應該聽聽雙方說法。

(B) I should've listened to both sides of the story.

　　我當初應該聽聽雙方說法的。(但當初沒有這樣做)

(A) You could help her.

　　你可以幫她。

(B) You could've helped her.

　　你本來可以幫她的。(但是當時沒幫)

(A) He might be struggling in the US.

　　他(現在)在美國也許很辛苦。(推測現在的狀況)

(B) He might have been struggling in the US.

　　他(過去)在美國也許很辛苦。(推測過去的狀況)

(A) He **must be on the run from**[1] the police.

他（現在）一定是在躲警察。（對現在發生的事做出推測）

(B) He must have been on the run from the police.

他（過去）一定是在躲警察。（對過去發生的事做出推測）

> 1. be on the run from ~: 躲避～

覺得只有這一點點例句根本不夠的人，下面就有滿滿的對話囉！

09_07_1

09_07_2

Cameron Have you heard that somebody took some money from Dr. Lee's office?

Ethan Is that true? How much was that?

Cameron I don't know the exact amount, but it's probably about $20,000.

Ethan Why on earth did Dr. Lee keep that much money in his office?

Cameron I heard there's a lot of money being spent on his quantitative research.

Ethan Well, I guess he should've done some research on how to keep all the money safe as well.

Cameron I assume this is a **wake-up call**[1].

Ethan You know what I think? One of his research assistants might have taken the money 'cause they're the only people who can get into Dr. Lee's office without making an appointment. Besides, some of them are half-way out the door.

Cameron Let's not **jump to conclusions**[2]. None of them seem like people with criminal tendencies at all.

Ethan In any case, Dr. Lee must have been startled when he first found out.

Cameron **That goes without saying**[3].

---

1. wake-up call: 覺醒的契機；警訊
2. jump to conclusions: 過早下結論
3. It goes without saying.: 一定是這樣的。

Cameron 你有聽說有人從 Lee 博士的辦公室偷了一些錢的這件事嗎？

Ethan 真的嗎？偷了多少錢啊？

Cameron 我不知道確切金額是多少，不過可能是兩萬美金左右。

Ethan Lee 博士到底為什麼要在他辦公室裡放那麼多錢啊？

Cameron 我聽說他的量化研究要花很多錢。

Ethan 嗯，我想他當初應該也要研究一下要怎麼把所有錢都保管好。

Cameron 我想這是個警訊吧。

Ethan 你知道我是怎麼想的嗎？也許是他研究助理中的某人把錢拿走了，因為他們是唯一可以不用和 Lee 博士約時間，就能進辦公室的人。而且他們之中有些人快要走了。

Cameron 我們不要太早下結論。他們之中完全看不出有人會犯罪。

Ethan 不管怎樣，Lee 博士最開始發現的時候一定很震驚。

Cameron 一定是這樣的。

對學習英文有幫助的
外語學習理論 4

Do you speak Chinglish（中式英文）? -No, I speak "Interlanguage"!

前面我們學到了 Language Transfer，所以這裡我們就來介紹一下最具代表性的 Language Transfer 現象——中式英文的真面目吧！中式英文既不是英文、也不是中文，讓我們來看看中式英文的誕生和演化過程，並一起探索可以讓中式英文變得更接近正統英文的方法吧！

行為主義者研究的是外語學習者的行為（behavior），然而，研究外語學習的人之中，也有些人的研究對象與行為主義者不同，這些人將學習者的精神活動，意即包括知覺、想象、推論等方面的所有意識作用，做為研究對象。這些人被稱為「認知心理學者」（cognitive psychologists）。Ellis（1994）在研究中提出，學習者學習外語的過程，和學習其他類型知識的過程是相同的。也就是說，學習語言的過程與理解其他知識體系的過程，都是逐漸將一個個小單位（例如單字或文法內容）慢慢建構成一個體系的過程。因此，如果學習者很努力地學英文，那麼他們學到的英文單字或文法內容等知識，就會一個一個地累積，並在腦中建構出一個語言系統。而這個語言系統並非英文系統，但也不是中文系統，而是「個別學習者所獨有的語言系統」。以我們為例，起初這個語言系統會更接近我們的母語，但隨著英文單字或文法內容越學越多，英文知識就會逐步累積，漸漸使這個語言系統的構成越來越接近英文。最終這個系統就能發揮功效，讓你能夠用英文聽和說。

　　學習者所擁有的這種「介於兩種語言之間的語言系統」，被稱為 Interlanguage。開頭的 inter 是字首，意思是「介於～」，也就是說，Interlanguage 是介於英文和中文之間的某種語言。據說，從學習者開始學英文的那一剎那開始，腦海中的 Interlanguage 系統就誕生了⋯⋯

　　最早開始使用 Interlanguage 這個字的是 Larry Selinker（1972）。Selinker 最開始使用 Interlanguage 一詞來區分 ESL（English as a Second Language：英文為第二語言）學習者所擁有的英文系統和真正的英文系統，並且在長時間觀察這些「只屬於他們的」英文系統——也就是 Interlanguage 後，得出了一個結論：這些學習者們所犯的錯誤，並不像行為主義者們所主張的那麼簡單。換句話說，所有這些學習者所犯的語言使用錯誤，都不是只受到行為主義者所說的母語影響所致！此外，個別學習者的 Interlanguage System 均相當複雜且變化多端，因此比起粗糙的分類，更需要個別分析學習者來得出審慎的結論。

　　因此，Selinker 的主張（與行為主義者所主張的「將兩種語言對照分析後，學習者所犯的語言使用錯誤是可預測的」相反）總歸來說就是，認知論者認為，英文教學方法中的 Interlanguage 分析，不是要預測學習者們會犯下的錯誤，而是必須在下判斷前先進行觀察與分析。雖然如此，Selinker 也發現

大部分學習者們的 Interlanguage，具有下列這些共同特性。

1. **Interlanguage 擁有與學習者母語相近的語言體系**
   → 果然 Interlanguage 實際上受到了母語影響！（啊哈！中式英文就是這樣產生的吧！）

2. **Interlanguage 的一部分或大部分，會帶有該種外語的特性**
   → 中式英文會說：「看到了吧？我也喝了點洋墨水，噢不！是美國水啦！」

3. **具備所有語言都具有的一般語言特性**
   → 據說大部分的語言，都具有主詞先於動詞出現的最基本屬性。

4. **不論對錯，Interlanguage 仍具有自己的體系**
   → 舉個簡單的例子，就如同 Ladies and gentlemans 或 deers 這種學生經常會犯的錯，在形成複數形名詞時，一般是在名詞後面加上 -s 或 -es，學習者在學到並把這個規則記住後，就會一個勁地把這個規則透過自己的語言系統用到底，換句話說，這是因為自己的語言系統而發生的語言使用錯誤，絕對不只是單純說錯話、用錯詞而已！這也代表著，即使 Interlanguage 擁有只屬於學習者自己的系統和規則，但它也是一個會有意識地

英文初學者的 Interlanguage

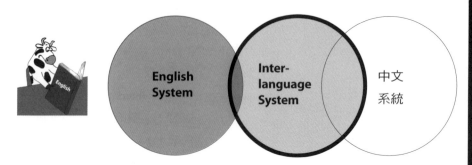

學習英文 3 年後

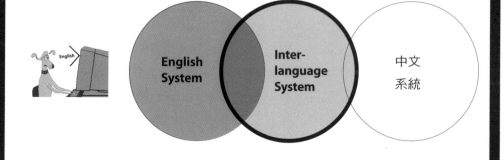

學習英文 10 年後

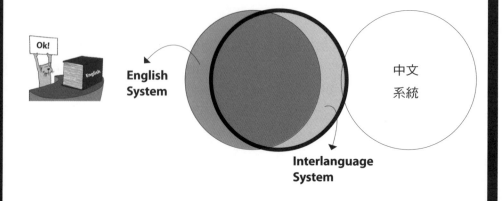

努力去試著一體適用這些規則的的獨特系統。

5. 最後，儘管如此，有時也會脫出這個系統 → 實際上，在試圖使用該種外語溝通時，若非常專注於訊息傳達（meaningful interaction），則在溝通時多少會忽略掉比較複雜的規則。也就是說，即使這個系統大部分時間都遵守這些較為複雜的規則，但有時還是會脫出這些規則，因此 Interlanguage 是個有彈性的系統！

幸運的是，雖然學習者的 Interlanguage 具有前面提到的那五種特性，但在學習者學會正確規則的那一瞬間，這個系統就又會經歷修正和重新建構的過程，進一步使 Interlanguage 與真正的英文系統更為接近（Selinker, 2001）。我認為學外語的樂趣，就在於這個重新建構的瞬間！

那麼，這個 Interlanguage 的分析，對於英文學習究竟有什麼意義呢？雖然這樣說起來好像挺理所當然，不過只要分析學習者的 Interlanguage，我們就能得知學習者知道或不知道哪些與英文相關的內容。總而言之，不管是要特別加強學習的部分，或是必須密集練習的地方，透過這些非常具體的分析都能看得一清二楚！這些才是能讓學習者成為英文達人的寶貴資訊。

身為一個英文教育者，我認為與其制定固定課程，並強迫學生接受同樣的授課方式，倒不如先仔細分析各個學生所擁有的 Interlanguage，並在考量到個別學生特性後，以更靈活的方式來教學。若能以這種方式教授英文，那麼即使教了幾十年，每堂課的內容也依然不會相同的！

站在學習者的立場上，不論是聽自己的 speaking 錄音來分析發音或文法使用，或是繳交 writing sample 給老師以檢查文法是否正確，都是必須持之以恆進行的努力。像這樣，在不斷檢查自己的 Interlanguage 時，主動分析和確認需要進行重建的部分，就是具體的學習好方法。千萬別忘了，這些為了讓你的 Interlanguage 能夠更接近英文而做的努力，就是能夠流暢使用英文的基礎。

10

轉述別人的話！
（直接轉述和間接轉述）

DIRECT SPEECH
VS.
INDIRECT SPEECH

無論是在美國還是哪裡，把聽到的話告訴別人都很有可能會為你帶來麻煩。不過，告訴別人那些話都只會給你帶來壞處嗎？就我自己的經驗來說倒也不盡是如此。不管怎樣，只有在那些講倫理道德的書裡，才需要追究這樣做到底是對還是錯，在英文學習書裡，我們只要學會用英文轉述的技巧就行了。

「直接轉述」和「間接轉述」是我們非常熟悉的文法名詞。「直接轉述」指的是將他人的話一字不差地照原話轉述，既不會犯下文法錯誤，也不容易造成比文法錯誤還要難以解決的誤會。那麼，讓我們在對話中看一下要怎麼用吧！

10_01_1

10_01_2

Dork	I'm leaving for Korea next month.
Andrea	Are you taking a trip there?
Dork	No, I'll be teaching English for over a year.
Andrea	No way! Your major is nothing like English or TESOL. Besides, you failed an English class last semester. How in the world are you going to teach English there?
Dork	Yes way! It's not my major, and I didn't get a good grade in English, but I'm American. My first language is English. When I can speak it well, why do I have to study how to teach it?
Andrea	Do you know Frederick L. Jenks, who's a **prominent figure**[1] in this field?
Dork	Who's Frederick? In what field?
Andrea	In the Second Language Education field! Dr. Jenks said, "Just because you have teeth doesn't mean that I want you to be my dentist!"
Dork	Whatever!

---

1. prominent figure: 重要人士；著名人士（在這種句子情境下，figure 是「人物；名人」的意思）

Dork	我下個月要去韓國。
Andrea	你要去那裡旅行嗎？
Dork	不是，我要去教一年多的英文。
Andrea	怎麼可能！你的主修跟英文或 TESOL 之類的完全無關。而且，你上學期還有一堂英文課被當掉。你到底要怎樣去那裡教英文啊？
Dork	可以啦！雖然這不是我的主修，而且我的英文成績不好，但我是個美國人。我的母語就是英文。當我能把英文說好的時候，我幹嘛要去學怎麼教呢？
Andrea	你知道這領域裡的大老 Frederick L. Jenks 嗎？
Dork	誰是 Frederick？什麼領域？
Andrea	外語教學領域啊！Jenks 博士說：「就算你有牙齒也不代表我想要你當我的牙醫！」
Dork	隨便啦！

透過上面這個對話，可以知道有一個叫做 Frederick L. Jenks 的人說了「**Just because you have teeth doesn't mean that I want you to be my dentist!**」，而 Andrea 利用英文的引號（ **""** ）直接把這句話原封不動地傳達出來，這樣就是「直接轉述」，很簡單吧！

除此之外，新一代的美國人使用直接轉述的頻率多到讓我覺得厭煩（最近這些美國小孩真的太常使用這種表達方式了），他們用直接轉述的時候，會說出 He was like ＿＿＿＿＿＿. 或 She was like ＿＿＿＿＿＿. 耶？怎麼會有空格？因為他們在用的時候會直接把原句放進這些空格裡，然後直接轉述就完成了！重點是，這時甚至還要模仿原本說那句話的人說話！我們來聽聽看這些美國孩子是怎麼用的吧。

10_02_1

10_02_2

Eric	Mark got paid a fat check from his workplace the other day, and he **stood treat**[1] for some of his friends.
Jimmy	I thought he was here on a student visa. Has he gotten a work visa recently?
Eric	Nope. It was an **under-the-table deal**[2].
Jimmy	You mean he is paid **under the counter**[3]?
Eric	Basically. I'm worried about him because if the immigration department finds out, he'll be kicked out of this country. He definitely doesn't want to risk his Ph.D. degree for that small amount of money.
Jimmy	Did you inform him of that?
Eric	I did, but he seemed to get somewhat offended by what I said.
Jimmy	How do you know that?
Eric	When I said that, he was like, "Hey, mind your own business!" So I was like, "As the Korean proverb goes, 'Good medicine tastes bitter', Mark."
Jimmy	I couldn't agree with you more. Even if the chance of getting arrested is comparatively low, **better safe than sorry**[4].

---

1. stand treat: 請客
2. under-the-table deal: 私下交易
3. under the counter: 私下地；非法地
4. Better safe than sorry.:
   比起事後後悔，還是小心為上比較好。

Eric	Mark 那天從他工作的地方拿到了一大筆薪水，然後他就作東請了一些朋友。
Jimmy	我以為他是拿學生簽證到這裡的。他最近拿到工作簽證了嗎？
Eric	沒有。那工作是私下進行的。
Jimmy	你是說他非法工作嗎？
Eric	基本上是。我滿擔心他的，因為如果移民局知道了這件事，那他就會被趕出這個國家。他一定不想要為了那麼一點錢就賭上自己的博士學位的。
Jimmy	你有跟他說過這件事了嗎？
Eric	我說了，不過他似乎有點生氣我跟他說這些。
Jimmy	你怎麼知道他有點生氣？
Eric	當我跟他說的時候，他說：「嘿，你管好你自己就好了！」所以我就說：「就像韓國諺語說的『好的藥吃起來很苦（良藥苦口）』啊，Mark。」
Jimmy	我很同意你說的。即使被捕的可能性相對較低，比起事後後悔，還是小心為上比較好。

當然，這裡的 He was like ＿＿＿＿＿. 或 She was like ＿＿＿＿＿. 裡說的不是什麼值得 like 的好英文，也就是說，這是種上不了檯面或絕對不能在教授面前使用的表達方式！舉例來說，你在引述與愛因斯坦相對論有關的理論時，寫 Einstein was like ＿＿＿＿＿.，你覺得美國的教授看到你這樣寫，臉上會有什麼表情呢？請大家想像一下吧！

但不管怎樣，無論使用 said 還是 like，這樣都是直接轉述，只要將某人說的話照樣寫下來就是直接轉述句了，在說的時候只要能模仿好說這句話的人，那關於文法就完全沒什麼好擔心的了。不論是肯定句、疑問句還是命令句，全都照搬別人說的話就行了，完全不用煩惱！

有問題的是間接轉述，在間接轉述時，動詞會因為時態一致等理由而發生改變，因此在使用間接轉述前必須先思考動詞這塊的表達方式為何。與加上引號（ "" ）而被認定是獨立領土的直接轉述不同，間接轉述是受到句子主體宰制的殖民地，因此必須要使

用與句子主體相同的法律（也就是「時態」）。

換句話說，在使用間接轉述時，基於時態一致等理由，必須改變所傳達的話語裡面的動詞！舉個簡單的例子，句子的開始是過去式，那麼就也應該以過去式結尾。別想得太難了，我們直接透過對話來看看吧！

10_03_1

10_03_2

| Young-min | Have you ever heard of "Pele's Curse"? |

Yu-ho: Are you talking about the Pele who was the Brazilian soccer player?

Young-min: Yeah, that Pele. He was legendary as a soccer player, but he's infamous for[1] his wrong predictions about World Cup games.

Yu-ho: How so?

Young-min: Here's an example. Regarding World Cup 2002, Pele **said** Argentina and France **would** both reach the final, but both of the countries were eliminated in the first round. France did not even score a goal. **What's more**[2], Pele **stated** Brazil **would not** get past the group stages at the World Cup. However, Brazil won the World Cup in 2002.

Yu-ho: That's hilarious!

Young-min: The thing is, although he makes numerous wrong predictions every World Cup, people still continue to ask him such questions. Well, on the upside, since his predictions are usually wrong, we can make a good guess based on the opposite of his comments.

Yu-ho　　That makes sense. Now I know why Romario **said** <u>Pele **was** a poet</u> when he **kept** his mouth shut. So what did he say about this upcoming World Cup?

Young-min　He **mentioned** that <u>Spain and Brazil **were** the two best teams</u>.

Yu-ho　　Whoopee! Pele didn't curse the Korean national team!

1. be infamous for: 因～惡名遠播
2. what's more: 除此之外、再加上

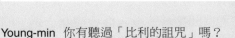

Young-min　你有聽過「比利的詛咒」嗎？

Yu-ho　　你說的是那個巴西足球員比利嗎？

Young-min　沒錯，就是那個比利。他是傳奇足球員，但卻因為他對世界盃的錯誤預測而惡名遠播。

Yu-ho　　怎麼會這樣？

Young-min　舉例來說，2002 年世界盃的時候，比利說阿根廷和法國會雙雙進入決賽，但這兩個國家都在第一輪就出局了。法國甚至連一球都沒進。除此之外，比利還說巴西在世界盃分組賽無法晉級。可是巴西卻在 2002 年的世界盃奪冠了。

Yu-ho　　這麼好笑！

Young-min　重點是，儘管他每次世界盃都會做出一堆錯誤預測，大家還是會一直問他這些問題。嗯，往好處想，既然他的預測通常是錯的，那我們就可以往和他所說的相反方向來好好預測一下。

Yu-ho　　說的也是。現在我知道為什麼羅馬里歐會說：「比利閉嘴的時候就是個詩人」了。那他對於即將到來的這次世界盃說了什麼？

Young-min　他有說過西班牙和巴西是最好的兩隊。

Yu-ho　　喔耶！比利沒有詛咒韓國隊！

在我解釋之前，我們先留意一下這篇對話裡，原本比利和羅馬里歐到底說了什麼話（劃底線的部分），再來看看我們的猜測是對還是錯吧！

1) Argentina and France will both reach the final.

2) Brazil will not get past the group stages at the World Cup.

3) Pele is a poet when he keeps his mouth shut.

4) Spain and Brazil are the two best teams.

就像上面所呈現的，如果直接轉述這些句子，它們便全都是現在式或未來式的句子，但在透過間接轉述之後，就會因為受到過去式的句子主體（**he said/stated/mentioned ~**）的殖民宰制，而全部變身為過去式。

那麼，如果被轉述的句子原文是過去式，又會是什麼樣的情形呢？這時原文在透過間接轉述後，便會成為「過去的過去」，因此當然就要使用過去完成式來表達了。said 是過去，指的是在過去時間點所說，而要被轉述的內容就是「過去的過去」所發生的事情，因此必須使用表達「過去的過去」的 had p.p.。

💬 Jen said, "I ate lots of pizza."

Jen 說：「我吃了很多披薩。」

Jen said she had eaten lots of pizza.

Jen 說她已經吃了很多披薩。

就像這樣，因為可以確定 **ate** 是比 **said** 更早發生的事，因此在間接轉述時就會使用過去完成式。就像前面所學到的，在這裡出現的過去完成式，也是 time relationship indicator，讓聽的人能確實理解事情發生的先後順序。接著我們就在下面這篇對話中用用看吧！

10_04_1

10_04_2

Sam I should be able to use this program in my class tomorrow, but I still don't know what I'm doing.

Jimmy What do you want to do with the program?

Sam I want to be able to activate this testing program first, and I need to use my mike when the program is on.

Jimmy Oh, it's **as easy as ABC**[1]. With regard to testing tools, click on this icon over here, and everything including your mike gets automatically activated.

Sam Sweet! How did you figure it out?

Jimmy Molly told me all about the program. She said she had **fooled around with this program**[2] for an hour or so.

Sam So did I, but that doesn't mean much for me. You know, I'm **computer illiterate**[3].

---

1. as easy as ABC: 像 ABC 一樣容易的；非常容易的
2. fool around with something: 隨便擺弄某物
   （fool around with somebody: 與某人鬼混）
3. computer illiterate: 電腦白癡

Sam 我明天應該要能在我的課堂上使用這個程式，不過我到現在還是不知道我在幹嘛。

Jimmy 你想用這個程式做什麼？

Sam 我想要先能啟動這個測驗程式，然後我需要在這個程式運作的時候使用麥克風。

Jimmy 噢，這很簡單。跟測驗工具有關的部分，先點這裡這個標誌，然後包括你的麥克風在內的所有東西都會自動啟動。

Sam 太棒了！你怎麼會知道要怎麼用？

Jimmy Molly 告訴了我這個程式的一切。她說她摸索這個程式大概摸索了一個小時左右。

Sam 我也是這樣，但這麼做對我來說沒什麼意義。你知道的，我是個電腦白癡。

Molly 說她摸索那個程式摸索了一個小時左右，這件事是在她說話之前所發生的，所以會用 had p.p.，也就是過去的過去來表達。It's as easy as 小菜一碟！不過，所有規則都會有例外，因此，間接轉述所要求的時態一致當然也會有例外！我們把重點放在最常用到的兩種例外情況上吧。

不論是什麼時間地點，只要是絕對真實的普遍真理，就會用現在簡單式來表達，在 Chapter 3 介紹現在簡單式時也有提到過這個。也因如此，這些真理所散發的光芒，讓他們在間接轉述句中也不會被句子主體的時態所限制，繼而無條件使用現在簡單式來表達。不是啊！這些真理又不是像直接轉述那樣，是在劃清界線的引號（ " " ）中存在的東西，為什麼他們能夠擁有獨立的領土，而且不受限於句子主體的時態呢？這到底是為什麼呢？先不談是直接還是間接轉述，如果這些真理是不論什麼情況下都可以成立的絕對真理，難道不該承認它們是獨立領土嗎？此外，這樣就不用像其他情況一樣，還要考慮時態一致這個規則，只要把說話者說的句子照原樣轉述就行了，這樣不是超級方便的嗎？聽聽看下面這個對話，你就會知道我在說什麼了！

10_05_1	Nina	I've got a **sprained**[1] ankle, and it looks like it's about to **swell up**[2].
	Ji-won	Did you fall down or something?
10_05_2	Nina	Yeah, I **missed my step**[3] on the stairs, and my ankle has been killing me ever since.
	Ji-won	Why don't you get some **acupuncture**[4] then? My grandma said acupuncture treatment is the best for a twisted ankle.
	Nina	I'm not really familiar with oriental medicine. Is it reliable?

Ji-won	Of course, Nina. My high school teacher mentioned that oriental medicine has more than 4000 years of history.
Nina	Another thing is I'm scared of needles.
Ji-won	No worries! Trust me on this. It doesn't hurt at all.
Nina	Then, can you recommend any professional **acupuncturist**[5] in town?
Ji-won	I don't know any acupuncturist, but one of my friends is an oriental doctor. I'm sure he performs acupuncture as well.

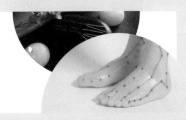

1. sprain: 扭傷（腳踝等）
2. swell up: 腫脹
3. miss one's step: 失足；踩空
4. acupuncture:（中醫的）針灸
5. acupuncturist: 針灸師

Nina	我的腳踝扭到了，而且看樣子快要腫起來了。
Ji-won	妳是跌倒了還是怎樣？
Nina	是啊，我在樓梯上踩空了，在那之後我的腳踝就一直痛得要命。
Ji-won	那妳要不要去針灸一下？我奶奶說腳踝扭到的最佳治療方式就是針灸。
Nina	我對東方醫學不是很熟。這話可信嗎？
Ji-won	當然啊，Nina。我高中老師說過東方醫學有著超過 4000 年的歷史。
Nina	還有，我很怕針。
Ji-won	別擔心！這件事妳就相信我吧。那一點都不痛。
Nina	那你在城裡有什麼專業針灸師可以推薦的嗎？
Ji-won	我不認識什麼針灸師，不過我有個朋友是中醫師。我確定他也有在做針灸。

就像這篇對話所呈現出來的，用紅色標出來的句子，傳達的全都是普遍真理或絕對事實，因此不需要遵守時態一致的規則。

還有另一個時態一致規則的例外！**歷史事實一定會用過去簡單式**！雖然歷史事實是在說話者說話之前先發生的「過去的過去」，所以原本應該要使用過去完成式，但這裡卻並不適用時態一致的這個規則。原因與普遍真理相同，**歷史事實也被承認是獨立領土**，所以不論句子主體的時態為何，都無條件使用過去簡單式來表達。下面這篇對話所呈現的也是如此。

10_06_1

10_06_2

Phil   Hey, Ji-won! I'm reading some news about your country and Japan.

Ji-won   What is it about?

Phil   According to this newspaper, a former comfort woman from Korea **filed a lawsuit against**[1] the Japanese government. She says all she wants is a sincere apology from Japan, not **compensation**[2].

Ji-won   It is one of the unsolved problems between Korea and Japan.

Phil   Since I teach a large number of international students, I have many chances to discuss world history with them. One time, a Korean student **brought up**[3] this issue of comfort women in my class. What surprised me was Japanese and Koreans had completely different views on this matter. The Korean student stated quite a number of Korean women **were drafted**[4] into the Japanese military **by force**[5] and forced into prostitution.

Ji-won   And, of course, the Japanese students denied the historical fact, didn't they?

Phil   Yeah, exactly! A Japanese student argued that those women practiced prostitution voluntarily in order to make money.

Ji-won   The Japanese government has been **distorting**[6] history for a long time, and that's why many Asian countries are upset with them.

Phil   Shame on them. They should learn something from the German government who apologizes to the Jewish people every year.

1. file a lawsuit against ~: 對～提起訴訟
2. compensation: 補償，補償金
3. bring up: 提出（話題等）
4. be drafted: 被徵召
5. by force: 強制地
6. distort: 扭曲

Phil	嘿，Ji-won！我正在看一些與你們國家和日本有關的新聞。
Ji-won	什麼新聞？
Phil	這個報紙說，有一個曾當過慰安婦的韓國女人向日本政府提起了訴訟。她說她想要的只是日本的真心道歉，而不是補償金。
Ji-won	這是韓國和日本之間仍未解決的問題之一。
Phil	因為我教了很多國際學生，所以我有很多機會和他們討論世界的歷史。有一次，有個韓國學生在我課堂上提出了慰安婦這個議題。讓我驚訝的是，日本人和韓國人在這件事上的觀點完全不同。那個韓國學生說，有很多韓國女人被強行徵召進了日本軍隊且被強迫賣淫。
Ji-won	然後那些日本學生一定否認了這個歷史事實，不是嗎？
Phil	是啊，就是這樣！一個日本學生聲稱那些女人是為了賺錢而自願賣淫。
Ji-won	日本政府長期以來都一直扭曲歷史，而這就是為什麼有很多亞洲國家都對他們感到不滿。
Phil	真是可恥。他們應該要學學每年都向猶太人道歉的德國政府的。

當然，在上述對話中，那位日本學生所說的話對於韓國人來說並非歷史事實，因此也不是普遍認同的歷史事實。

但是，不管怎樣，從說出這句話的人（日本學生）的角度出發，他相信他傳達的是一件歷史事實，因此這裡不會使用過去完成式，而會使用過去簡單式。也就是說，無論是否屬實，只要說話者認為這件事是「歷史事實」，那麼就可以適用這個文法規則，進而不須考慮動詞這塊的時態一致問題。

然而，並不是說只要特別注意動詞這塊，就能打通間接轉述的任督二脈了。動詞歸動詞，但代名詞的變化也是必須特別注意的地方。當我要把對 you 說過的話告訴你媽媽的時候，假如用的是 you 這個代名詞的話，那 you 指的就不是 you，而是「你媽媽」了，因此在使用代名詞時一定要小心再小心！

除此之外，把直接轉述改為間接轉述時，時間或地點的表達方式都要轉換成符合其意義的表達，讓我們來看看要怎麼將時間和地點魔法般地轉換成符合間接轉述的表達方式吧。

轉換前	間接轉述魔法 ★★	轉換後
now		then
today		that day
this（例：this weekend）		that（例：that weekend）
tomorrow		the following day
next（例：next week）		the following（例：the following week）
yesterday		the previous day
last（例：last week）		the previous（例：the previous week）
ago（例：2 days ago）		before（例：2 days before）
this place		that place
here		there

像我一樣沒有魔法的麻瓜讀者們，就要用自己的頭腦代替魔法來改變這些表達方式了。因此，就讓我們徹底進入英文文法的世界吧！當然，在學習這些我不斷強調的文法規則時，比起什麼都不管就直接背起來的學習方式，以理解做為基礎、實際運用這些文法規則且隨時檢查自己使用的英文，才是在這個英文文法世界裡學習的正確方法。那麼，就讓我們一起飛向運用了這些文法規則的對話吧！

下面這段對話的背景情境是 Amy 和 Nick 正在上電腦相關課程，但 Amy 因個人因素而缺課了兩週左右，因此請 Nick 替自己努力聽課，並請他把老師說的話原封不動地轉述給自己聽。以下是老師在上課時對 Nick 講的話。

10_07_1

10_07_2

"We will study how to use the program this week. In order for you to understand it better, I **revamped**[1] the manual yesterday. Let me cover the key concepts on page 22 today, and we will go deeper into this matter tomorrow. By the way, did you learn how to activate the program last week?"

1. revamp：（往好的方面）修改、改進

「我們這週會學習要如何使用這個程式。為了讓大家更好理解，我昨天修改了使用手冊。今天就讓我來講一下第 22 頁上的重要概念，然後我們明天會再進行更深入的探討。對了，大家上星期學過怎麼啟動這個程式了嗎？」

就在兩週後 Amy 回到了學校，並詢問 Nick 上課內容，而 Nick 把
老師說的話原原本本地傳達給了她：

10_08_1

10_08_2

Amy	What did the teacher say we would study the first week of August?
Nick	The teacher said we would study how to use the program that week. He also mentioned that in order for us to understand it better, he had had to revamp the manual the previous day.
Amy	What did he cover on the first day of the week?
Nick	He told us to let him cover the key concepts on page 22 that day, and we would go deeper into that matter the following day.
Amy	Did he ask you any questions?
Nick	He asked us if we had learned how to activate the program the previous week.

Amy	老師說我們八月的第一個禮拜要學什麼？
Nick	老師說我們會在那禮拜學習怎麼使用那個程式。他也提到說他為了讓我們更容易理解，而在前一天修改了使用手冊。
Amy	他在那週的第一天講了什麼？
Nick	他那天跟我們說要講第 22 頁上的重要概念，然後會在隔天進行更深入的探討。
Amy	他有問你們什麼問題嗎？
Nick	他問我們在前一個禮拜有沒有學過怎麼啟動那個程式。

老實說，這種東西只要稍微用心一點，再按照常理思考就能解決
了，因此就算不再多做解釋，我也不擔心大家會看不懂。

從現在開始，根據所要傳達的句子型態，而隨之改變的間接轉述規則，將一個個輪番出現。首先是用來傳達疑問的間接轉述！

既然談到了疑問，就順便介紹一下 Yes/No Questions 和 Wh-Questions 吧！Yes/No Questions 顧名思義，就是會針對問題來回答 Yes 或 No。像是 Do you like me?（你喜歡我嗎？）Are you Korean?（你是韓國人嗎？），相反地，Wh-questions 指的是帶有 wh-word 詞彙的問題。wh-word 就是 what、who、where、when、why 及 how！不論你是用什麼方式回答這種問題，對於聽你回答的人來說，聽到的都會是新的訊息，所以在美國會將它們稱為 Information questions。

那麼，現在我們就把這些問題從直接轉述改成間接轉述吧！碰到 Yes/No questions 時，無論句子長不長，只要使用 if 或 whether 來改，並遵守時態一致的規則就行了。

💬 He asked, "Are you single?"
他問：「你是單身嗎？」

→ He asked me if I was single.
他問我是不是單身。

He asked, "Do you have a boyfriend?"
他問：「你有男朋友嗎？」

→ He wondered if I had a boyfriend.
他想知道我有沒有男朋友。

I asked, "Did you buy the grammar book?"
我問：「你買了那本文法書嗎？」

→ I asked him if he had bought the grammar book.
我問他有沒有買那本文法書。

現在讓我們透過對話來看看這些句型架構吧。

10_09_1

10_09_2

Doug So, what did Mike say about the meeting with those **stakeholders**[1]?

Aidan He said no one wanted to use ecofriendly building materials for cost reasons.

Doug It doesn't surprise me even a little bit. What the stakeholders care about is how to make more profit. **That is to say**[2], all they care about is money, not the environment.

Aidan Mike seemed pretty frustrated because of that. He wondered if **sustainable development**[3] is even possible in this condition.

---

1. stakeholder: 股東
2. that is to say: 也就是說
3. sustainable development: 永續開發

Doug 所以，Mike 針對和那些股東一起開的那場會說了什麼？

Aidan 他說因為成本的關係，所以沒人想要使用環保建材。

Doug 這我一點都不意外。那些股東們在乎的是要怎麼賺進更多利潤。也就是說，他們在乎的只有錢而已，並不在乎環境。

Aidan Mike 似乎因為這件事挺挫敗的。他很納悶在這個情況下永續發展到底有沒有可能。

231

Doug	Did he try to convince them?
Aidan	He tried but couldn't carry on the conversation because one of the investors asked him if he could withdraw their investments.
Doug	Geez, I'm not an extreme **tree-hugger**[4], but they sound pretty greedy.

---

4. tree-hugger: 激進的環保人士（樹木擁抱者）

Doug	他有試圖說服他們嗎？
Aidan	他試過了，但他無法讓對話繼續下去，因為其中一個投資者問他是否能撤資。
Doug	天啊，雖然我不是極端激進的環保人士，但他們聽起來真的很貪婪。

碰到使用疑問詞的 wh-questions 時，只要正確使用這些 wh-word 就行了。這時要特別注意主詞和動詞位置會發生變化的這件事。會發生變化是因為在進行間接轉述時，這些疑問句就變成了這個句子的受詞，因此應該要像直述句那樣，遵循「主詞＋動詞」的順序。就讓我們來看看例句吧！

💬 He asked, "Where is the restroom?"

他問：「廁所在哪裡？」

→ He asked me where the restroom was.

他問我廁所在哪裡。

就像上面例句所示，這裡也必須遵守時態一致的規則。接著就讓我們走進對話裡看看吧！

10_10_1

10_10_2

Amy Raymond seems to work too hard. A few days ago, I asked him when he had left the previous day, and he said, "Elevenish[1]".

David That doesn't even surprise me. He's a well-known workaholic.

Amy I know a workaholic is better than an alcoholic, but isn't he married?

David I know what you're trying to say. Family should be top priority for anyone.

Amy Working hard is important to raise a family, but he needs to learn how to **strike a balance**[2].

David It's really interesting that you say that 'cause Raymond asked me the other day how he should balance his career and family.

Amy Good! At least he's conscious of his problem.

1. elevenish: 十一點左右
2. strike a balance: 取得平衡

Amy Raymond 似乎工作過頭了。我前幾天問他前一天是什麼時候走的，結果他回答：「十一點左右」。

David 這我一點都不覺得意外。他是有名的工作狂。

Amy 我知道當個工作狂總比當個酒鬼來得好，但他不是結婚了嗎？

David 我知道你想說什麼。家庭對任何人來說都應該是最優先的才對。

Amy 雖然努力工作對於養家餬口來說很重要，但他必須學著如何取得平衡。

David 你這樣說真有意思，因為 Raymond 那天問我他應該要怎麼取得工作和家庭之間的平衡。

Amy 很好！至少他有意識到他的問題。

這裡先等一下！對話中出現了 Elevenish 這個詞性不明的單字，它是由數字 eleven（十一）與形容詞字尾 -ish 結合的一種 slang 表達。

它的意思是「十一點左右」。美國人喜歡這樣把數字和 -ish 相結合，日常生活中經常會用到 sevenish（七點左右）、eightish（八點左右）等詞彙。

wh-words 也會和其他單字一起使用，形成如 what time、what color、how old、how long、how heavy、how many 等疑問詞形態，且能夠直接將這種形態方便地視為一個疑問詞來用。我們先從例句開始看起，然後再來個大篇幅對話吧。

💬 She asked, "How close is the deadline?"

她問：「離截止期限還有多久？」

→ She asked me how close the deadline was.

她問我離截止期限還有多久。

10_11_1

10_11_2

Robert	How was your blind date?
Chul-su	She was a really gorgeous girl, but she asked me too many **darn**[1] questions.
Robert	It's not unusual to ask lots of questions on a first date.
Chul-su	The truth of the matter was she asked me only the kind of questions that I wanted to **sidestep**[2].
Robert	Such as?
Chul-su	At first, she asked me how tall I was, saying that she would only date guys over 180 centimeters tall. Oh, she also asked me how much I weighed for the same reason.

Robert	Hold on. Are you telling me she asked you how many kilograms you weighed?
Chul-su	Yeah. Can you believe that? What's more, she asked me how many buildings I had. When I said I didn't have one, she was like, "I would rather date an ugly guy than a poor guy."
Robert	(It) sounds like an **atrocious**[3] example of a date.
Chul-su	Tell me about it! I would rather date a **plain-looking**[4] girl who has a good personality than a stunning beauty who **steps on people's toes**[5].
Robert	I hear you! Beauty is only skin deep **after all**[6].

1. darn: 用來代替 damn 的程度較輕的髒話
2. sidestep: 逃避（問題等）
3. atrocious: 糟透的
4. plain-looking: 外表平凡的
5. step on one's toes: 惹毛（某人）
6. after all: 畢竟

Robert	你相親得怎麼樣？
Chul-su	她真的是個很漂亮的女孩，不過她問了我太多該死的問題。
Robert	第一次約會的時候問一大堆問題很正常吧。
Chul-su	真正的問題出在她都只問我那種會讓我想要逃避的問題。
Robert	例如什麼？
Chul-su	她一開始問我多高，說她只和身高超過 180 公分的男人約會。噢，她基於同個理由也問了我多重。
Robert	等等，你現在是跟我說她問你體重幾公斤嗎？
Chul-su	是啊。你相信有這種事嗎？而且她還問我有多少房子。當我說我一間都沒有的時候，她說：「我寧可和噁心的男人約會，也不要跟貧窮的男人約會」。
Robert	聽起來是個糟透的約會對象。
Chul-su	就是啊！我寧可和外表平凡但個性好的女生約會，也不要和一個一直惹毛我的大美女約會。
Robert	我也這樣覺得！畢竟美麗就只是那層皮而已嘛。

現在不要再問問題了，來傳達命令吧！想要用間接轉述來傳達命令時，只要運用 to 不定詞就可以了。如果是用 Don't ~ 開頭的否定命令句，那麼就要把 to ~ 改成 **not** to ~！我們在【名詞篇】的 Chapter 9 就已經學過 to 不定詞的否定形是在 to 的前面加上 not，所以這裡我們就不再多做討論了，直接來看看對話吧！

10_12_1

10_12_2

Tim	I can't even write an essay now. I think my writing skills are rusty[1].
Laura	Don't be stressed out. I happen to be taking a composition class these days, so I can help you out.
Tim	You might have to spell out[2] everything about how to write an essay from A to Z.
Laura	I'll try. Have you decided the topic?
Tim	Yup.
Laura	Then, let's get started with the brainstorming and outlining process. My teacher told us to ask ourselves lots of questions and answer them before creating the outline.
Tim	And after outlining?
Laura	He advised us to start off the essay with an attention getter.
Tim	What sort of attention getters are you talking about?
Laura	He said it could be anything that would interest your readers. You know, humor, startling statements, rhetorical questions, etc.
Tim	Is there anything to avoid when writing?

Laura	He told us <u>not</u> to repeat the same sentences. Oh, he also advised us <u>not</u> to write too many **lengthy**[3] sentences.
Tim	Your teacher seems to **be on top of**[4] everything.
Laura	I'll tell him so 'cause he asked us to give him some feedback on his teaching.

1. rusty: 生鏽的;（知識、能力等）生疏的
2. spell out: 詳細說明
3. lengthy: 冗長的;
4. be on top of ~: 凌駕於～之上

Tim	我現在連短文都寫不出來了。我覺得我的寫作能力生疏了。
Laura	你壓力不要這麼大。我最近剛好在上寫作課,所以我可以幫你。
Tim	你可能得把寫短文的方法從頭到尾詳細說一次了。
Laura	我會試試看的。你決定好題目了嗎?
Tim	好了。
Laura	那我們就從腦力激盪和列大綱這個階段開始吧!我老師跟我們說,在寫大綱之前要先進行大量的自我問答。
Tim	在列大綱之後呢?
Laura	他建議我們從會吸引注意力的東西開始寫起。
Tim	你說的是什麼樣的吸引注意力的東西?
Laura	他說只要是能引起讀者興趣的東西都可以。你知道的,像是玩笑、讓人吃驚的話、反問之類的。
Tim	在寫的時候有什麼要避免的嗎?
Laura	他跟我們說不要重複同樣的句子。噢,他也建議我們不要寫太多冗長的句子。
Tim	你們老師似乎什麼都會。
Laura	我會和他說這件事,因為他要我們給他一些教學回饋意見。

就像 Laura 所說的最後一句話,這種含有要求或命令意味的句子,用動詞 ask 代替 tell 是很恰當的。

到目前為止，我們透過直接轉述和間接轉述來處理了各種型態的句子，最後在這裡，我還想要告訴大家兩件事情。

首先，到目前為止，就像前面我們看過的那些對話所呈現的，在轉述他人的話時，只要使用動詞 say 或者 tell 就行了，但沒有必要侷限於 He said ~ 或者 She told me that ~ 等表達方式，而是可以使用除了 say 之外的各種不同動詞，例如 state、mention、argue、claim、insist、stress 等等。在提出疑問的時候也是，除了 ask 之外，也可以使用 wonder 等字，我們一起來試著創造出多采多姿的英文世界吧？就像我們在做菜的時候，比起只放青菜和蘿蔔，一定是加入了各式各樣食材的料理更加好吃和營養啊！因此我們在對話中也應該要加入各種材料，才能讓我們的對話變得既美味又營養。（啊！只喜歡吃青菜和蘿蔔的人抱歉了！）此外，美國人也不喜歡一直重複使用相同的單字。

最後，不論在哪裡，都只能在真正有需要的時候，才把你聽到的話告訴別人！這點請一定要記住！

11

掌握動詞時態就能
解決條件句和假設句！

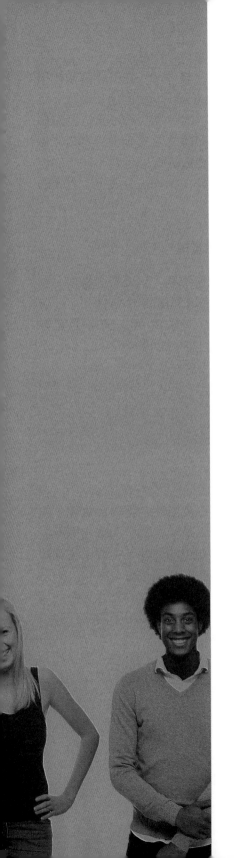

不管是七歲小孩還是總統候選人都可以說「如果我成為總統，我就會改變教育體制！」這個中文句子，完全不用做任何修改，但如果改用英文來說的話，那就會有明顯的不同了。七歲小孩的說法會是 If I became President, I would change the education system.，但如果身為總統候選人，則會說 If I become President, I will change the education system.，英文就像這樣，會透過動詞時態的不同，來區別不太可能實現的 if 條件句與可能實現的 if 條件句。

不論是可能實現還是不太可能實現的 if 條件句，在美國都被統稱為 conditionals，且他們還將這些 conditional type 列出了編號，以區分條件句的內容能否實現。這時必須特別注意的就是在每個 type 中所使用的動詞時態。這是因為時態的差異，會決定這個條件句的類型，而隨著類型的不同，所表達的意思也會不同。從現在開始，就讓我們透過對話，依序學習在美國被分成 0 ~ 3 類的 Conditional 吧！

1. Conditional Type 0（符合條件就會實現）

所謂的 Conditional Type 0 條件句，就是那些「只要符合條件，就 100% 能夠實現」的句子。那麼，到底是怎樣的 if 條件句，才會只要符合條件就能 100% 實現呢？美國的英文講師們在教 Conditional Type 0 時，經常會用以下例句來說明。

💬 If you heat ice, it melts.
如果你把冰加熱，它就會融化。

If you heat water to 100℃, it boils.
如果你把水加熱到攝氏 100 度，它就會沸騰。

因為這種句子的內容，無論何時只要符合條件就絕對會實現，所以可視為「普遍真理」，**if 子句和主要子句全都使用現在簡單式**即可。在此情況下，只要滿足了 if 子句中的條件，主要子句就絕對能夠實現。其實在這種狀況下的 if 子句，比起「假如」的意思，表達的更多是「～的話」或是「～的時候」的意思，因此這種類型的句子，在大部分情境下，都可使用 when 子句來代替 if 子句。

If you heat ice, it melts.
= When you heat ice, it melts.

If you heat water to 100℃, it boils.
= When you heat water to 100℃, it boils.

令人頭痛的文法說明就先到這裡，接下來我們就一邊聽四歲小孩和爸爸的對話，一邊複習一下剛剛學到的內容。

Son	Dad, why are you watering the plants? Do they want to take a shower?
Dad	No, PJ. If plants don't **get** water, they **die**.
Son	**Why** do they **die** if they **don't get** water?
Dad	Water is just like food for them. If we **don't eat** food, we **die**. In the same way, plants need water.
Son	**Why** do we **die** if we **don't eat** food?
Dad	If we **don't eat** food at all, we **die** from malnutrition.
Son	By the way, what does "die" mean, Dad? And what is "malnutrition"?

兒子	爸爸，你為什麼在給那些植物澆水呢？它們想要洗澡嗎？
爸爸	不是的，PJ。植物不喝水的話會死的。
兒子	為什麼它們不喝水就會死？
爸爸	水對它們來說就像是食物。我們不吃東西的話就會死。同樣地，植物需要水。
兒子	為什麼我們不吃東西的話就會死？
爸爸	如果我們完全不吃東西的話，就會因為營養不良而死。
兒子	對了，「死」是什麼，爸爸？「營養不良」又是什麼？

據說四歲小孩每天平均會發問 400 次，所以會發生這種對話也是非常合理的。總之，在這段爸爸和孩子的對話之中，用紅色標出來的就是 if 條件句，全都是只要符合條件，結果就會 100% 實現的事實。

那麼，這次我們來聽聽把 if 子句換成 when 子句的對話吧！

Tom My brother is such a clean freak!

Yu-ho What makes you think so?

Tom When I **don't wash** fruits with salt, he **doesn't** even **touch** it. And **veggies**[1] need to be triple washed with vinegar.

Yu-ho Then, just let him wash his own stuff.

Tom What's more, when I **leave** dirty dishes in the sink even for a few minutes, I **get yelled at**. He is really **wearing me out**[2].

Yu-ho Well, he's your elder brother after all. I would just try to **appease**[3] him.

Tom Just because he's older than I am doesn't mean I have to put up with him.

1. veggies: 蔬菜
   （vegetables 的縮略語）
2. wear ~ out: 使～疲倦
3. appease: 對～讓步

Tom 我哥真的是個潔癖鬼！

Yu-ho 你怎麼會這麼覺得？

Tom 只要我沒用鹽巴洗水果，他就連碰都不碰。然後蔬菜還得用醋洗三次。

Yu-ho 那就讓他自己洗自己的吧。

Tom 還有，只要我把髒碗盤留在水槽裡，就算只放幾分鐘而已，他就會吼我。他真的讓我覺得很累。

Yu-ho 這個嘛，畢竟他是你哥哥。是我的話可能會乾脆盡量讓著他。

Tom 就算他年紀比我大，也不代表我得忍受他。

就像這樣，Conditional Type 0 的句子在大部分情境之下，就算把 if 子句換成 when 子句，意義也不會發生變化。Tom 和 Yu-ho 的對話內容，與其說是普遍真理，倒不如說是在特殊情況下，只要符合條件就絕對會實現的事實（例如：「只要做～的話，我哥哥就會～。」），像這類事實，即使不一定屬於普遍真理，也只要用 Conditional Type 0 的句子來表達就行了。

2. Conditional Type 1

Conditional Type 1 假設的是「有可能發生，但也可能不會發生的事」！雖然 Type 1 所假設的事項，本身有可能、但也有可能不會發生，但因為 Type 2 和 Type 3 所假設的是與現在或過去完全相反的、不可能發生的事情，因此在對照之下，**Type 1 常被稱為 open condition**。下面我們就舉幾個例子看看吧！

💬 If it rains tomorrow, we will cancel the picnic.

假如明天下雨，我們就會取消野餐。

If you are tardy again, I won't let you in.

假如你再遲到，我就不會讓你進去。

「明天下雨」是有可能、但也可能不會發生的事，因此可以視為 open condition，而你會不會又遲到，則是目前還無法知道的事，所以也可視為 open condition！那麼我們來看看有運用到這類句型的對話吧！

If it rains tomorrow, we will cancel the picnic.

When it doesn't rain tomorrow, I will take you to the park.

11_03_1

11_03_2

Robert	What's the time now? And when does the debate start?
Patrick	It's 3 p.m., and the debate starts within three hours.
Robert	Do you think we're ready?
Patrick	Well, Linda is the first speaker on our team, so it's kind of up to her.
Robert	By the way, where is she?
Patrick	Right now, she's seeing her **ENT doctor**[1] and will take the bus at 5 o'clock.
Robert	If she **misses** the bus, she **will** not be able to get here on time. What **will** we do if she **doesn't get here** in time to start?
Patrick	If she **gets** here late, James **will** give the first speech.

---

1. ENT doctor: 耳鼻喉科醫生（Ear, Nose, and Throat）

Robert	現在幾點了？還有這場辯論什麼時候開始？
Patrick	現在下午 3 點，而這場辯論會在三小時內開始。
Robert	你覺得我們準備好了嗎？
Patrick	這個嘛，Linda 是我們隊的一辯，所以大概要看她狀況怎樣。
Robert	對了，她在哪裡？
Patrick	她現在正在看耳鼻喉科，然後會搭 5 點的公車。
Robert	如果她錯過了那班公車，那她就會沒辦法準時到這。如果她沒有及時趕到的話，我們要怎麼辦？
Patrick	如果她晚到，James 就會（代替她）進行一辯。

247

這裡的從屬連接詞（when/as soon as 等）子句以現在式來表達未來，大家只要用理解 if 子句的情境來理解它，就能輕鬆看懂了。
（例：When you **finish** your homework assignment, I will take you to the park. 等你做完回家作業，我會帶你去公園。）

3. Conditional Type 2（與現在事實相反的假設）

Conditional Type 2 指的就是無法實現的現在事實……如果只是這樣說明，應該會讓人覺得模模糊糊而搞不清楚吧！但如果搭配有著具體使用情境的對話來看，那就容易理解得多了，所以請先聽聽下面這段對話吧！

11_04_1

11_04_2

Paul	**What's good in the hood,**[1] **brah**[2]?
Sam	Not that much. I got a new job, and it has been a month.
Paul	Congratulations! So how do you like it?
Sam	Moneywise, I've got no complaints; they pay pretty well. The thing is there's just too much work to do. Ever since I started working for this company, my life has been too hectic to even spend time with my family. My wife was **grumbling**[3] about it the other day, and I feel so bad that I can't help her out. However, we should save money for old age, shouldn't we? Well, I don't know anything anymore. What **would** you do if you **were** me?
Paul	I **would** ask you what to do, dude.
Sam	Stop kidding around. I'm serious!
Paul	Okay, if you're that interested in my opinion, let

me tell you what I really think. As the Scottish proverb says, "There are no pockets in a **shroud**[4]." But then again, I also think money matters while we are alive.

Sam   So are you talking me into or out of quitting this job?

Paul   I can't tell you what to do. All I can say is life is all about striving for balance.

1. What's good in the hood?: 類似 What's up? 的打招呼用語
2. brah: brothe(bro) 的流行說法
3. grumble: 抱怨
4. shroud: 壽衣（給死者穿的衣服）
   There are no pockets in a shroud.: 直接翻譯就是「壽衣上沒有口袋」，這句話是蘇格蘭諺語，意指金錢是生不帶來死不帶去的。在美國通常會用 You can't take it with you. 來表達。

Paul   老兄，最近怎麼樣？

Sam   不怎麼樣。我找了一份新工作，已經做一個月了。

Paul   恭喜！所以你覺得怎麼樣？

Sam   如果只考慮錢的話，我沒什麼好抱怨的，他們給的錢很多。問題是要做的工作實在太多了。自從我在這家公司工作後，我就一直忙到甚至連陪家人的時間都沒有。我太太那天才在抱怨這件事，而且沒能幫上她的忙讓我感覺很差。不過，我們得為了老了以後的生活存錢，不是嗎？嗯，我現在完全不知道該怎麼辦了。如果你是我的話，你會怎麼做？

Paul   我會問你要怎麼辦，老兄。

Sam   別開玩笑，我是認真的！

Paul   好吧，如果你真這麼想聽我的意見，那我就告訴你我真正的想法好了。就像蘇格蘭諺語說的：「壽衣上沒有口袋」。不過我還是要說，我也覺得錢在我們活著的時候很重要。

Sam   所以你是說我該辭職還是不該辭職？

Paul   我不能告訴你要怎麼做。我只能說人生就是一直在努力取得平衡。

我無法成為你，你也不可能成為我，而「如果我是你～」的這種句子，就目前的科學技術來說是不可能實現的！這裡可以看到 Paul 說的第三句話，像這種省略掉 if I were you 的句子經常會出現在日常對話之中。換句話說，實際上 Paul 想說的是 If I were you, **I would ask you what to do**, dude.，而在這個對話情境下，就算不說 If 子句，句意也非常清楚，因此這邊省略了 if 子句，只保留主要子句。事實上，有時即使不看對話情境，也能輕易就主要子句的助動詞 **would**，來判斷出這個句子在文法上是假設語氣。不管怎樣，與現在事實相反的假設必須使用 Conditional Type 2，並以過去式動詞來表達。在這種情形下，無論主詞是什麼，be 動詞都一定要使用 were，這點必須特別注意。

[我有問題！
老師說在與現在事實相反的假設語氣中
不論主詞是什麼，be 動詞都會用 were，
但美國人實際上卻似乎更常用 if I was，
那麼在文法上到底哪個才是正確的呢？

在美國上文法課的時候，if I **were** 和 if I **was** 也是經常被提出來討論的部分。事實上，在英式英文這類的傳統英文文法規則中，只有 if I **were** 是對的，而 if I **was** 被認為是錯的。這是因為在過去簡單式中也會用到 I **was**，所以如果在這時使用 was，那就容易讓人覺得疑惑，不知道這個句子到底是假設語氣還是過去簡單式。另一方面，在過去簡單式中不存在 I were 這個用法，縱使沒聽到前面的 if，仍然可以因此而明確知道這個句子用的是假設語氣。就我個人經驗而言，事實就是與正統英文文法規則越接近的表達方式就越 clear（明確）。

然而，在乘坐五月花號來到美國的人們之中，有許多人捨棄了英國傳統與傳統英文文法規則，因此在美國人的日常生活中其實經

常會用到 if I **was**。舉例來說，在 Simon & Garfunkel 的歌曲中，就出現了一句 Homeward bound, I wish I **was** ~ ♪。不過，在現代美式英文的文法規則之中，仍然會認為 if I **was** 是完全錯誤的表達方式，這實在讓人覺得很奇怪啊！

如果要我來做個總結的話，那麼，儘管 if I **was** 是美國人在日常生活中常用的表達，但如果是在學術上，或是較為正式的情況下，仍然應該要用 if I **were**！

4. Conditional Type 3

Conditional Type 2 所做的是與現在事實相反的假設，另一方面，Conditional Type 3 做出的則是與過去事實相反的假設。換句話說，Conditional Type 3 所做的假設會與過去發生的事情相反，也就是說，做出的是「如果當時那樣做的話？」或「如果當時不那樣做的話？」這類的假設。

11_05_1

11_05_2

Jerry So, did you get a good grade in sociology as always?

James Long story short, I did well on the final test, but the fact that I had to submit a research paper totally **slipped my mind**[1], and I ended up failing the class.

Jerry I'm sorry to hear that. We all forget important things sometimes.

---

1. slip one's mind: 忘記～（在使用這個片語時，「被遺忘的事物」會成為主詞）

Jerry 所以你在社會學上跟以前一樣拿到高分了嗎？

James 簡單來說，我期末考考得很好，但我完全忘了得交研究報告的這件事，所以我最後被當掉了。

Jerry 我很遺憾聽到發生了這種事。我們都有忘記重要事項的時候。

James I've been so absent-minded this semester. If I **had turned** in the research paper, I **wouldn't have failed** the class.

Jerry If you **hadn't forgotten** it, you **could have gotten** an A⁺ from that class. Well, if I were you, I would carry a reminder with me all the time.

James I think I'm going to have to.

James 我這學期一直都非常心不在焉。如果我當時交了那份研究報告，我就不會被當掉了。

Jerry 如果你當時沒忘的話，你可能就會在那堂課拿到 A⁺ 了。嗯，如果我是你的話，我就會一直把記事本帶著。

James 我想我必須要這麼做了。

James 沒有交研究報告是在過去發生的事實，而那堂課被當掉也是在過去發生的事。因此這裡做的是與所有過去發生的事實都相反的假設，所以當然會使用 Conditional Type 3。不過，在利用 had p.p. 和 would/could have p.p. 這兩種文法結構隨意寫句子的時候，常會有種彆扭的感覺，會有這種感覺，與其說有什麼特別的原因，不如說是因為這種句子常會有種又臭又長、廢話很多又不通順的累贅感。想要擺脫這種討厭的感覺，最佳方法就是多聽並讓耳朵熟悉這種句子。所以我接下來會再帶大家聽一段對話，但剩下的就要靠你們自己囉！

11_06_1

Husband (Irritated) Jacob! Don't ever pick flowers from a public garden.

Wife Honey, you're being too harsh on him. If you **had warned** him, he **wouldn't have done** it **in the first place**[1]. Besides, he's just a four-year-old boy.

Husband I'm sorry. I've been kind of edgy these days because of my job situation. You know, I've **been out of employment**[2] for almost three months. Gosh! If I **hadn't changed** my job last year, I **wouldn't have gotten laid off**[3]. That was such a poor decision.

Wife You're a capable man and will get a good job sometime soon… and even if you don't, I make enough money for our family, so please try to relax and be positive.

Husband Thanks, honey. If there is one thing that I can tell you for sure, I got married to the right person.

Wife You're so sweet.

1. in the first place: 一開始
2. be out of employment: 處於失業狀態
3. lay off: 裁員

丈夫　　　（煩躁）Jacob！絕對不能去摘公共花園裡的花！

妻子　　　親愛的，你對他太兇了。如果你之前警告過他，他一開始就不會這麼做了。而且，他只是個四歲的孩子。

丈夫　　　抱歉。我最近因為我的工作狀況而有點煩躁。妳知道的，我已經失業快三個月了。天啊！如果我去年沒有換工作，我就不會被裁員了。那真是個糟糕的決定。

妻子　　　你是個有能力的人，所以很快就會找到一份好工作的……而且就算沒找到，我賺的錢也夠我們家花了，所以請你試著放鬆和樂觀一點。

丈夫　　　謝謝，親愛的。如果要說有什麼事是我肯定的，那就是我和對的人結婚了。

妻子　　　你嘴真甜。

接下來出現的是經常聽到的 as if 假設語氣和 I wish 假設語氣！as if 和 I wish 的後面，一樣也是使用過去簡單式來表達與現在事實相反的假設，分別可以解釋成「好像～」和「我希望～」。

若表達的是與過去事實相反的假設，後面則會使用 had p.p.，分別解釋成「當時好像～」和「我希望我當時～」。討厭想得太過深奧的人，可以先聽聽下面這段 Graham 和 Derrick 的對話，然後再試著思考看看吧！

11_07_1

11_07_2

| Graham | I've been taking Ms. Kim's Korean class on a regular basis for such a long time, but it's still difficult to **get my humor across**[1] in Korean. |

Derrick
I know what you're trying to say. The use of humor is the most advanced level of any language study.

Graham
I am so envious of your Korean ability. When you speak Korean, you sound as if you **had been born** and **raised** in Seoul. I don't hear any English accent from your Korean.

Derrick
Thanks! I **am flattered**[2], but I still need to **smooth out**[3] the rough edges.

Graham
How do you speak such good Korean? Did you take the same class as mine?

Derrick
Yes, I did. On top of that, having been to the country helped me to understand the language when I took the class. It goes without saying that there's no better place to learn the language than in the country where the language is spoken.

Graham
Whatever the reason, I wish I **could speak** Korean just like you do.

1. get across: 使人理解；傳達意思
2. be flattered:（對他人的評論）感到開心或榮幸
3. smooth out ~: 消除（問題、障礙等）

Graham	我已經固定上 Kim 老師的韓文課很長一段時間了，但要用韓文來表現幽默還是很難。
Derrick	我知道你想說什麼。不論學哪種語言，展現幽默都是最難的。
Graham	我真的很羨慕你的韓文能力。你在說韓文的時候，聽起來就像你是在首爾出生長大的。你的韓文完全沒有英文口音。
Derrick	謝謝！聽你這樣說我很開心，不過我還是有一些小毛病要解決就是了。
Graham	你的韓文怎麼會說得那麼好？你是和我上一樣的課嗎？
Derrick	是啊，沒錯。除了上課以外，因為我曾去過那個國家，所以我在上課的時候更能理解這個語言。毫無疑問，沒有比使用那個語言的國家更好的語言學習地點了。
Graham	不管原因是什麼，我希望我的韓文能說得像你一樣好。

我們可以把假設語氣的句子從上述對話中獨立出來，就像下面這樣分析。

When you speak Korean, you sound as if you **had been** born and **raised** in Seoul.

→ 美國人 Derrick 的韓文說得像是他在首爾出生長大似的，而這是與過去事實相反的假設。（因為 Derrick 不是在首爾出生長大的！）因此會使用 had p.p. 的表達方式（**had been** born and **raised**）。

另一方面，

Whatever the reason, I wish I **could speak** Korean just like you do.

→ Graham 表示自己的韓文說得沒那麼好，真希望能像 Derrick 一樣說得那麼好。因為表達的是與現在事實相反的假設，所以採用了過去簡單式（**could speak**）。

255

如果現在已經完全理解了的話，我們就再看一次 Graham 和 Derrick 的對話吧！

接下來，再聽聽這段使用了相同文法的對話，實力就會一下突飛猛進喔！

11_08_1

11_08_2

(At a clinic)

Nurse Mr. Chang, can we reschedule your appointment with Dr. Downie? He has just left for New York in order to attend a medical seminar.

Patient I've been waiting here for an hour, and now you're telling me I cannot see my doctor? I wish you **had told** me that earlier.

Nurse If we **inconvenienced**[1] you, we apologize. Dr. Downie sounded as if he **could** see everyone today.

Patient All right. Looks like it's not your fault. Then, can I see him this Thursday?

Nurse He'll be out of town for two weeks.

Patient Two weeks is a long time. Can you please recommend another doctor?

Nurse Sure, Dr. Gary is an outstanding **internist**[2] as well. Would you be willing to try him?

Patient Why not?

---

1. inconvenience: 不便、麻煩
2. internist: 內科醫生

（在診所）

護士	Chang 先生，我們可以為您重新安排與 Downie 醫生的約診時間嗎？他為了參加一場醫學研討會，剛剛出發前往紐約了。
患者	我已經在這裡等了一個小時，然後現在你們跟我說我不能看到我的醫生了嗎？我希望你們能早點跟我說這件事。
護士	如果給您帶來不便的話，我們向您道歉。Downie 醫生之前說得像是他今天能看完所有病人似的。
患者	好吧。看來這不是你們的錯。那我這星期四能看到他嗎？
護士	他會有兩週不在城裡。
患者	兩週的時間很長。可以請你推薦另一個醫生嗎？
護士	當然，Gary 醫生也是個很棒的內科醫生。你想要試試給他看看嗎？
患者	有何不可呢？

我們再把假設語氣的句子單獨拿出來看吧。

I wish you **had told** me that earlier.

→ 這個句子的意思是「希望你們能早點跟我說」，也就是之前沒有說，因此這是與過去事實相反的假設，用的是 wish 加上 **had told**。

Dr. Downie sounded as if he **could** see everyone today.

→ 現在的情況是沒辦法在今天看完所有患者，之前卻說得好像今天可以看完一樣。所以是與現在事實相反的假設，因而使用 **could**！

最後，在文法書中說明假設語氣時，建議（suggest）、主張／堅持（insist）、要求（request/demand）、命令（command）、推薦（recommend）等句型經常壓軸登場，在它們後面出現的 that 子句裡，會使用假設語氣現在式。在這個 that 子句裡，**不管第幾人稱，都必須使用原形動詞**（例如 he **have**、it **be**）。在這種句子裡不會出現假設語氣招牌的 if，而且就連同樣表達假設的 I wish 或 as if 也不會出現，不過即使是這樣，它們表達的也還是假設語氣，要怎麼看出它們是假設語氣呢？就讓我們透過文法與會話的相遇來感受一下吧！

257

I suggest that he ***be sociable and make*** many American friends.

11_09_1

11_09_2

Mike It looks like you're completely **assimilated**[1] into American society. How long have you lived in the States?

Jake About two and a half years.

Mike Wow, within such a short period? Actually, my cousin who moved here three years ago is still having a hard time. Can you share your secret with him?

Jake There's no secret, but I suggest that he **be** sociable and **make** many American friends. I also recommend that he **read** this book which is about **cross-cultural**[2] understanding.

Mike I see your point. Successful assimilation of immigrants is all about understanding the cultural differences after all.

Jake You got it!

---

1. assimilate: 使同化（成社會的一員）
2. cross-cultural: 多種文化融合在一起的、跨文化的

Mike 你看起來好像完全融入美國社會了。你住在美國多久了？

Jake 大概兩年半了。

Mike 哇，時間這麼短嗎？其實，我三年前搬到這裡的表弟到現在仍然過得很辛苦。你可以分享一下你的祕訣嗎？

Jake 沒有什麼祕訣，不過我建議他要去交際和多交美國朋友。我也推薦他看這本與跨文化理解有關的書。

Mike 我知道你要說什麼了。移民若想要成功融入，最終關鍵仍在於理解文化差異。

Jake 沒錯！

對話中在被用紅色標出來的 that 子句裡的現在式動詞們，即使前面出現的是第三人稱單數，仍然會用不加 -s 的原形動詞，甚至使用 be。這是為什麼呢？當然是因為這是假設語氣的句子呀！

我有問題！
我能理解要使用 If 或 as if 假設語氣或是
I wish 假設語氣的情境，但是，
我不明白在這種情況下，為什麼要用假設語氣。

提到沒有實際發生的事情，就是「假設」，這時所使用的就是「假設語氣」。在建議、主張／堅持、要求、命令或推薦等所有情境下，都帶有「這樣做的話如何？」的假設意味，只要從這個角度出發，就更容易理解了。另外，在使用前面提到的這些單字時，若不是使用假設語氣，則很有可能會被解釋為完全不同的意思，因此如果沒有在需要使用假設語氣的時候使用，就會發生「噢！我想說的不是這個意思啊！」這種令人驚慌失措的情況！接下來就透過對話看看要怎麼用吧。

11_10_1

Michael So, did they **take a vote**[1] on the proposed bill?

Aidan Yes, that was the first thing on the agenda because Mr. Karlson insisted that it **be** reviewed immediately.

11_10_2

Michael And what was the result?

Aidan It was 10 in favor, 15 against, and 2 **abstentions**[2], which means it was not passed.

Michael It really surprises me that a lot of people still think the related laws and regulations are good as they stand.

1. take a vote: 投票
2. abstention: 棄權

Michael	那麼，他們有就提交的法案投票了嗎？
Aidan	有，這是議程上的第一項，因為 Karlson 先生堅持要立即審查該法案。
Michael	那結果怎麼樣？
Aidan	10 人贊成、15 人反對還有 2 人棄權，也就是說這法案沒過。
Michael	我真的很驚訝有很多人還是認為這些相關法規足以適用。
Aidan	就是說啊！

我們來把對話裡 Aidan 說的第一句話改成不是假設語氣的句子吧！

💬 Mr. Karlson insisted that it was reviewed immediately.

Karlson 先生堅持該法案已立即審查過了。

當然，在對話中 Aidan 表達的是，<u>那法案**要立即審查**的這件事</u>，<u>而不是那法案**已立即審查過了**的這件事</u>！因此，這時若不使用假設語氣，傳達給他人的就不會是原本想表達的意思。總而言之，動詞 insist 在表達「確實發生過某事」時，不會使用假設句，若要表達「必須做某件尚未發生的事」，那就必須採用假設語氣，以求意義上的明顯區分。此外，suggest 後面所接的 that 子句，如果用的不是假設語氣，那麼就不會是「建議」的意思，而是「暗示」的意思了。（例如：Are you suggesting that my son is stupid? 你是在暗示我兒子很笨嗎？）因此，為了能正確傳達意思，使用正確的文法是絕對必要的。

除了特定動詞之外，這種假設語氣的使用方式，也存在於特定形容詞之後。在此情況下，單純只是詞性不同，意思和使用情境都差不多，因此只要能理解剛才所學到的內容，那就一點都不難了。這類形容詞有 necessary（必要的）、essential（必要的）、crucial（決定性的、重要的）、important（重要的）等，在聽過這篇對話後就可以去看下段內容了。

11_11_1

11_11_2

Tom: I heard the \<No Child Left Behind Act\> is under review. What do you think about the **act**[1]?

Paul: To be very honest with you, I think it's **dumbing down**[2] the whole education system in America. What's more, when all children are held to the same achievement standard, it's almost impossible to meet their individual needs. It is essential that every child **have** a chance to reach their own potential in school.

Tom: That's what a lot of people say, but I see it in a different way.

Paul: Really? How?

Tom: It is very important that every child **have** the same educational opportunities regardless of their ability level or socioeconomic status. I strongly believe equality starts in school.

Paul: Hmm. Interesting!

No Child Left Behind

262

1. act: （國會已經通過的）法案（cf. bill：提交國會審查的法案）
2. dumb down ~: 使～簡單化（以普及）

▶ <No Child Left Behind：NCLB> 是美國國會於 2001 年通過的教育法案，要求所有孩子都必須通過標準測驗，才能進入下一階段課程。該法案的通過，雖然縮小了非裔和西班牙裔等少數民族學生和白人學生間的成績差距，但據說因教師們過度重視該項考試，而使美國教育的最大優點——培養創造力的課程大幅減少，這也是缺點之一。

Tom	我聽說現在正在審查《No Child Left Behind 法案》。你覺得這個法案怎麼樣？
Paul	我老實跟你說，我覺得這法案把整個美國教育體制簡單化了。而且，當所有孩子都被放在同一成績標準上的時候，要滿足他們的個別需求幾乎是不可能的。所有孩子在學校裡都能有機會發揮自身潛力，這是非常重要的。
Tom	很多人都這樣說，不過我是用不同的角度來看待這件事。
Paul	真的嗎？怎麼說？
Tom	無論能力水準或社會經濟地位，所有孩子都能擁有相同的教育機會是非常重要的。我堅信平等從學校開始。
Paul	嗯，有意思！

除了前面所提到的這些之外，英文學者們還提出了許多種不同的假設語氣使用方式，例如假設語氣未來式、混合假設語氣等等，但我在這個章節裡，試著要說明的只有美國人日常生活會話中常用的那些，因為學習文法的根本原因，就是為了進行對話和寫出句子，而我的語言教育哲學就是「學以致用」。但如果你還是想要進一步了解假設語氣，那就得到英文系去學這些專業知識了，而我們就先在這裡結束囉。

CHAPTER

12

分詞：
沒說完的故事

66

PARTICIPLES

我打算在這本書的最後一章，遵守我在【名詞篇】中與你們的約定。是什麼約定呢？就是要為你們補充各式各樣的分詞構句！在名詞篇中，說明了現在分詞與過去分詞在意義上的不同與基本的分詞用法，現在就讓我們來看看更多樣化的分詞構句、走進更深奧的英文文法山谷吧！

為了那些想不起分詞到底是什麼的人，我就先帶大家看一篇用到了現在分詞和過去分詞的簡單對話吧！

12_01_1

12_01_2

Sharon I borrowed some money from Barbara to buy a book, but I can't recall if I paid the money back to her. Can you please ask her for me when you see her in class tomorrow?

Stephanie I'm afraid Barbara and I **had a falling-out**[1], and I'm never going to talk to her again. Sorry, but I'm **bitter**[2] today. The heat has me in a **foul**[3] mood. I'm burning up in this room!

Sharon I don't blame you. I'm tired of this hot and humid weather as well, and suffocating heat sometimes makes people irritated. Why don't you turn the AC up?

Stephanie That's another annoying thing. The AC has been **acting up**[4] throughout the whole week.

Sharon Then, why don't we drink some ice cold beer and chill out? I'm sure it's going to make this heat more tolerable.

Stephanie Sounds like a great idea! Can we watch a horror movie as well? I always watch movies, drinking beer.

Sharon Suit yourself!

1. have a falling-out: 吵了一架
2. bitter: 非常不滿的；無法釋懷的
3. foul:（性格、氣質、味道等）非常不好的；惡劣的
4. act up: 出問題；調皮搗蛋

Sharon	我跟 Barbara 借了一些錢買書，但我想不起來到底把錢還她了沒有。妳明天上課看到她的時候，可以幫我問一下嗎？
Stephanie	恐怕我和 Barbara 吵了一架，而且我絕對不會再跟她說話了。抱歉，但我今天真的很不爽。熱成這樣讓我心情很糟。我要在這間房裡燒起來了！
Sharon	我懂。我也覺得這種又熱又溼的天氣很煩，而且這種令人窒息的高溫有的時候會讓人很煩躁。妳要不要把冷氣開強一點？
Stephanie	這就是另一個煩人的事了。冷氣這一整個禮拜都一直出問題。
Sharon	那我們要不要喝點冰啤酒休息一下？這樣肯定會讓這種高溫變得更讓人能忍受一點。
Stephanie	這主意聽起來很棒！我們可以一邊看部恐怖片嗎？我總是一邊喝啤酒一邊看電影。
Sharon	就照妳的意思吧！

如果用分詞來整理這則對話情境，因為 **tiring** weather（令人厭煩的天氣）而 **tired**（疲倦的）我！因為 **Suffocating** heat（令人窒息的高溫）而 **suffocated**（感到窒息的）我。因為 **irritating** heat（令人煩躁的高溫）而 **irritated** people（煩躁的人們）。還有冷氣無法運轉真的是 **annoying** thing（讓人心煩的事情），為此而 **annoyed**（感到心煩的）我。所以就對提議喝啤酒的朋友說，那就一邊喝啤酒（**drinking** beer）一邊看電影吧！只要這樣整理就很簡單明瞭了。

・現在分詞（**-ing**）具有主動的意義，而過去分詞（**-ed**）具有被動的意義。
・當兩種動作同時發生時，可使用分詞構句。

與分詞有關的所有細節，去蕪存菁後就是上面這兩句話。那麼，現在就一起來看看分類更加詳細的分詞構句吧！

現在要跟大家坦白，即使是深愛英文的我，在國高中時期學分詞構句的時候，也曾經有因為覺得超無聊，而使勁捏自己大腿來保持清醒的痛苦回憶。

我們來看看大部分的文法書是怎麼介紹分詞構句的吧！「分詞構句是在要表達時間、理由、條件、讓步、附帶情況等資訊時使用的」，這種開頭一看就讓人壓力大到喘不過氣！我到現在都還對這種感覺難以忘懷。所以即使分詞構句的實際內容並不難，但因為每次看到就會先出現那種不想學的感覺，讓我現在在教分詞構句時，仍然經常會因為這種難過的回憶而感到不舒服。為了讓學生不要在我解釋分詞構句時覺得無聊，所以我大膽省略了文法術語或說明，而是用我自己的方法，直接在對話中使用多種分詞，讓學生們能親自體驗一下分詞構句的用法。其實，如果你透過實際句子來看分詞構句，就會發現它真的很簡單，簡單到你就算不知道「理由」、「讓步」、「條件」、「附帶情況」等用語，也能輕鬆理解的程度。其實如果大家現在突然發現，分詞構句這東西其實很簡單，只要透過句子情境就能輕易學會，那麼各位的腦袋也會突然感受到「啊！我想要學！」的感覺，所以大家現在就先不要去想學文法這件事，直接省略文法說明從對話切入吧！

12_02_1

Ji-won   I don't know where to do my internship. Can you recommend a good school for me?

Ramin   It really depends on your future career. Where do you want to teach after your internship?

12_02_2

Ji-won   I want to teach college in my country.

Ramin   If that's the case, why don't you try the Center for Intensive English Studies on campus? I learned a lot, interning there.

Ji-won   What makes the program so special?

Ramin   I am impressed by their communicative teaching method. Participating in various activities, students improve their speaking skills as well as their listening skills.

career

Ji-won	Actually, what I'm concerned about is that all the instructors there are native speakers. Do you still think I can do it?
Ramin	I wouldn't worry about it. Just **go for it!**[1]
Ji-won	OK, I will. I hope this internship will **add a new dimension to my teaching career**[2].

1. Go for it!: 去試試看！
2. add a new dimension to ~: 在～增添新的面向（dimension：層面、面向）

Ji-won	我不知道要去哪裡實習。你可以推薦我一間好學校嗎？
Ramin	這真的取決於你未來的職涯方向。你實習後想去哪裡教書？
Ji-won	我想回國教大學。
Ramin	如果是這樣的話，你要不要試試去學校裡的 Center for Intensive English Studies？我在那裡實習時學到了很多。
Ji-won	這個學程特別在哪裡？
Ramin	我對他們的溝通式教學法印象深刻。學生們在參加各式各樣的活動時，聽力和口說能力都進步了。
Ji-won	其實，我擔心的是那裡所有的講師都是母語人士。你還是覺得我能辦得到嗎？
Ramin	如果是我的話，我不會擔心這種事。就去試試看吧！
Ji-won	好，我會試試。我希望這次實習能為我的教學生涯增添新的面向。

大家覺得怎麼樣呢？我在這裡並沒有說明，當發生「在～的時候」（同時進行的動作／狀況）時必須使用分詞構句，但各位還是能透過句子情境自然而然理解到這件事，對吧？不過不管怎樣，這本書仍然是一本正經的文法書，所以我們還是稍微做一點點說明吧！

首先我們從 Ji-won 和 Ramin 的對話中，挑出帶有分詞構句的句子來看看吧！

I learned a lot, interning there.

→ I learned a lot <u>when I was interning there</u>.

Participating in various activities, students improve their speaking skills as well as their listening skills.

→ <u>As students are participating in various activities</u>, students improve their speaking skills as well as their listening skills.

就像上面這些句子所呈現的，就算主詞在分詞構句下被省略了，但因為這裡的主詞和主要子句中的主詞一致，所以自然能知道是誰在做動作。此外，就算沒有連接詞，也能透過句子情境輕易理解上下文。啊，覺得自己能學會的自信咻咻上升啦！接下來是另一篇用到分詞構句的對話！

Peggy	Did you know that Tom and Mary are divorced now?
Linsey	No, I didn't, but that doesn't shock me a bit. Living right next to their house, I hear them quarrel all the time. As a matter of fact, I haven't heard them fighting recently, and now I know why.
Peggy	How did they meet each other?
Linsey	Mary went on a trip to New York 10 years ago. On her first day there, she got lost somewhere in the city. Finding herself lost, she asked a stranger for directions… and that very stranger was Tom.

12_03_1

12_03_2

Being a stranger there himself, he couldn't show her the directions, but they soon became good friends and started dating six months later.

Peggy That sounds like a romantic movie. It's pretty sad to see their marriage breaking up so easily.

Linsey I don't blame them too much. Love is dream, but marriage is reality.

Peggy 妳知道 Tom 和 Mary 現在已經離婚了嗎？

Linsey 不，我不知道，不過我一點都不覺得意外。我就住在他們家隔壁，老是聽到他們在吵架。其實，我最近都沒聽到他們在吵架，現在我知道為什麼了。

Peggy 他們是怎麼認識的啊？

Linsey Mary 在 10 年前去了紐約旅行。她在那裡的第一天就在城市中的某處迷路了。因為她發現自己迷路了，所以她就向某個陌生人問路⋯⋯然後那個陌生人就是 Tom。因為他自己對那裡不熟，所以沒辦法告訴她要怎麼走，不過他們很快變成了好朋友，然後在六個月後就開始約會了。

Peggy 這聽起來就像是一部浪漫電影。看到他們的婚姻這麼輕易就破碎了，真讓人難過。

Linsey 我多少能理解他們的心情啦。愛情很夢幻，但婚姻很真實。

這裡也是一樣，就算我不跟大家說「表示理由的時候可以使用分詞構句」，但透過句子情境，各位自然就會發現這裡的分詞構句表達的是理由。為了不辱文法學習書之名，這次我們也會稍微解釋一下文法。

Living right next to their house, I hear them quarrel all the time.

→ Because I live right next to their house, I hear them quarrel all the time.

Finding herself lost, she asked a stranger for directions.

→ <u>Because she found herself lost</u>, she asked a stranger for directions.

Being a stranger there himself, he couldn't show her the directions.

→ <u>Because he was a stranger there himself</u>, he couldn't show her the directions.

建議大家真的把這些句子拿來用看看。只要在對話時試著用過一次，建立自信後再多用幾次，這樣就能學會了，請帶著自信用用看吧！

12_04_1

12_04_2

Man	Excuse me, but can you please show me the way to the Greyhound▸ bus terminal from here?
Woman	Sure, go straight all the way on this street and turn right on Meridian Road. Then, continue to walk for about 5 minutes, and you'll meet Adams Street. Making a left on Adams Street, you will find the bus terminal on your right. You can't miss it.
Man	I appreciate it!

男子	不好意思，可以請妳告訴我要怎麼從這裡到灰狗巴士總站嗎？
女子	當然，沿著這條街直直走，然後在 Meridian 路右轉，接著繼續走 5 分鐘左右，就會到達 Adams 街。在 Adams 街左轉之後，你就會在你右手邊看到巴士總站了。（很好找所以）你不會錯過它的。
男子	謝謝！

▸ 灰狗巴士是一種長途巴士，因為搭這種巴士可以抵達美國其他州的城市，所以我的朋友們經常會搭這種巴士，從佛羅里達出發到芝加哥或密西根州的小鎮。

在 Adams 街左轉就會找到巴士總站，是用分詞構句來取代條件句（If you make a left on Adams Street, ~），現在你也可以把條件句改成分詞構句了！

我有問題！
明明可以用連接詞和主詞
寫出意思明確的句子，
為什麼母語人士要用
令人困惑的分詞構句呢？

Good question！答案就是「語言的經濟效益」！如果有兩個句子的意思相同，那麼就會選擇使用較短的那個句子，這是所有語言都會有的特性。（這就是語言的經濟效益！）在討厭反覆出現相同詞語的英文中，這種特性表現得尤其明顯。因此，英語圈的人比較愛用分詞構句，是因為這樣就不會一直重複相同主詞，而且就算不用 when、as、because 等連接詞，也能簡潔方便地表達自己想說的話。大家如果常常使用分詞構句，那就能體會到這種感覺了，因此請不要有太多顧慮，多多使用就對了！

接下來我特別使用 having p.p. 的分詞構句來編寫對話。喔！是完成式分詞構句嗎？大家聽到這個就又開始緊張啦！在 Chapter 9 裡也有說過，這些名字裡有「完成」一詞的文法沒什麼好怕的！因為在這些情況下，完成式型態（have p.p.）全部都只是 **time relationship indicator**（用來指出相對時間關係的指標），也就是說，加上「完成」只是要告訴各位「這是比主要子句的時態更早發生的事情」，沒有什麼其他陰謀啦！

那麼，大家就先不要想太多，直接透過對話中的句子情境來理解一下吧！

273

12_05_1

12_05_2

Husband   Honey, what are you doing up in the middle of the night?

Wife   I have to finish proofreading this paper for Sam.

Husband   But it's 2 a.m. and you have classes to teach tomorrow.

Wife   I know, but he's gotta turn this in by tomorrow morning.

Husband   All righty. I'm just worried about you, darling. Are there many errors to be corrected?

Wife   Well, I haven't found any grammar errors in the paper so far… but having been written in such haste, it has many typos.

Husband   We all know that you're trying your best to be a good mother, but he needs to learn how to be independent.

Wife   I know what you're trying to say, but I'm an English teacher. **What's the sense of teaching other kids**[1] if I don't teach my own?

1. What's the sense of ~?: 做～的理由到底是什麼？

丈夫　　親愛的，妳半夜不睡覺在做什麼？
妻子　　我必須幫 Sam 校對完這份報告。
丈夫　　但現在是凌晨兩點，而且妳明天還有課要上。
妻子　　我知道，但他明天早上就得把這個交出去了。
丈夫　　好吧。我只是擔心妳，親愛的。有很多錯要改嗎？
妻子　　這個嘛，我到目前為止沒在這份報告裡發現任何文法錯誤……
　　　　但這報告寫得這麼倉促，裡面有很多字都打錯了。

丈夫	我們都知道妳盡全力想要當個好媽媽，但他必須學著獨立了。
妻子	我知道你想說什麼，但我是個英文老師。如果我連我自己的孩子都不教，那我幹嘛要教別人的孩子？

在這對夫婦進行的對話之中，報告寫得很倉促的這件事（**having been written in such haste**），和報告中有很多字打錯的這件事（it has many typos）相比，是更早發生的事情。因此這裡使用了完成式分詞構句。

那麼，為了完全弄懂完成式分詞構句，並了解使用分詞構句表示「讓步」（雖然做了～，但是～）的表達方式，讓我們來聽聽下面這篇對話吧！

12_06_1

Sam I've been suffering from insomnia for several days. I'm not stressed or anything, and I don't know what's up.

12_06_2

Shrink[1] Have you taken any type of sleeping pills?

Sam Just once. Last night… but even having taken a sleeping pill, I still couldn't fall asleep.

1. shrink: 精神科醫師

Sam	我這幾天都受失眠所苦。我壓力不大也沒幹嘛，所以我不知道是怎麼了。
精神科醫生	你有吃過安眠藥嗎？
Sam	只吃過一次。在昨晚⋯⋯但即使吃了安眠藥，我還是睡不著。

Last night…
even **having**
taken a
sleeping pill,
I still couldn't
fall asleep.

就像我們在對話裡看到的，這裡的「讓步」和我們在公車上讓座的那種讓步意思不同。就像對話中提到的吃了安眠藥但還是睡不著一樣，這裡的「讓步」是「雖然做了～，但是～」的意思。另外，為了強調就算吃了安眠藥<u>之後</u>也睡不著的這件事，而使用了完成式分詞構句（**having taken a sleeping pill**）

哎呀！我們看到這裡，還有分詞構句中經常出現的文法術語「附帶情況」還沒講啊！不過其實，這種對於理解毫無幫助的術語，不知道也沒關係。因為我們現在學的是英文文法，而不是文法術語。用我喜歡的方式來簡單說明的話，「附帶情況」就是「同時做動作」！也就是當一個句子裡，同時發生了兩個動作或兩種狀況，那就可以使用分詞構句來表達。這部分在【名詞篇】就已經提過了，而且我們在這章剛開始時，也已經透過對話重新複習一次了，所以就不多加解釋囉！

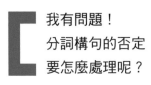

我有問題！
分詞構句的否定
要怎麼處理呢？

針對這個問題，我要用對話來回答。

12_07_1

12_07_2

Eric So, did your son apply to engineering schools in the US?

Mark Yes, he did.

Eric How did it go?

Mark **Never** having studied English, he struggled a lot to prepare for the TOEFL test.

Eric So did he pass it?

Mark One of the schools he applied to is willing to accept his current score. However, **not** satisfied with his test score, he wants to take the test one more time.

Eric I believe in him. As for me[1], **not** speaking English well, I had a hard time studying in the States. I actually ended up dropping out of college[2].

---

1. as for me: 就我的情況而言～
2. drop out of college/school: 從大學／學校中輟學

Eric 所以，你兒子申請了美國的理工學校嗎？

Mark 是啊，他去申請了。

Eric 順利嗎？

Mark 他從來沒在念英文的，所以在準備托福考試上非常辛苦。

Eric 那他通過了嗎？

Mark 其中一間他申請的學校願意接受他現在的分數。不過，因為他對自己的分數不滿意，所以他想要再考一次。

Eric 我相信他可以的。就我的情況而言，我因為英文說得不好，所以在美國念書念得很辛苦。我其實最後大學沒念完。

正如 Eric 和 Mark 的對話所呈現的，分詞構句的否定，只要在分詞構句的前面加上 not 就可以了！此外，也經常會用 never 代替 not。我可以很驕傲地說，這種回答方式比老套的文法說明還要清楚明白！

我有問題！
在寫分詞構句時，
一定要省略主詞和連接詞嗎？

在寫分詞構句時，並沒有一定規則規定是否要省略主詞和連接詞。因此分詞構句中有時會出現連接詞，而主詞有時也會保留下來。

分詞構句中的主詞之所以會被省略，是因為它與主要子句的主詞相同，因此就算不寫出來，也能藉著句子情境來看出主詞為何。不過，**當分詞構句的主詞與主要子句的主詞不同時，那就完全是另外一回事了。**在這種情況下，當然要把分詞構句中的主詞寫出來，才能知道這是 A 做的還是 B 做的。總之，當分詞構句的主詞與主要子句的主詞不同時，請一定要把主詞寫出來！有了這樣的理解之後，接下來就透過對話確認一下用法吧！

12_08_1

12_08_2

Jim	How did your co-presentation go?
Mitch	My co-presenter did not show up today. **He** being absent, we had to reschedule the presentation.
Jim	I'm sorry to hear that. I know you were **itching to**[1] talk about the topic in class.
Mitch	It doesn't bother me to give the presentation later, but I still don't know how to deal with irresponsible people.
Jim	It's simple. If he doesn't show up one more time, you've definitely gotta get another co-presenter.

---

1. itch to ~: 非常想做～

Jim	你的共同簡報進行得怎麼樣？
Mitch	和我一起做簡報的人今天沒有出現。因為他沒來的關係，我們不得不重新安排簡報的時間。
Jim	我很遺憾聽到發生這種事。我知道你非常想在課堂上討論這個主題。
Mitch	要晚點做簡報對我來說是沒關係，不過我還是不知道要怎麼對付不負責任的人。
Jim	很簡單。如果他下次再不出現，你就一定要換一個和你一起做簡報的人了。

這次我們也在 Jim 和 Mitch 的對話中，把帶有分詞構句的句子特別挑出來看。

He being absent, we had to reschedule the presentation.
→ Being absent 的人是他！必須 reschedule the presentation 的人則是我們！也就是說，分詞構句的主詞和主要子句的主詞是不同的

280

人。這時為了避免混淆，就必須把分詞構句的主詞明確寫出來，這樣才能傳達出正確的意思。

現在主詞解決了，接下來就要解決連接詞了！因為分詞本來就有很多不同的角色（時間、理由、條件、讓步、同時動作等），我有時會感到不安，不知道那些跟我一樣細心的人，會把我說的話聽成是理由、讓步還是條件，除此之外，某些分詞構句應該要從哪個方向去解釋是相當模稜兩可的，因此在這個時候，**為了更明確傳達說話者的意思，把分詞構句之前的連接詞清楚地寫出來吧**！接下來我們再透過對話確認一下用法。

12_09_1

12_09_2

Randy	We've got rat problems.
Ron	Are you saying that we have rats in this building?
Randy	Yup. **When** entering the classroom, I saw a couple of rats running in there.
Ron	You might want to talk to **Janitor**[1] Peter about this matter.

---

1. janitor：（物業的）管理員；工友

Randy	我們有老鼠麻煩了。
Ron	你是說我們這棟大樓裡有老鼠嗎？
Randy	沒錯。我進教室的時候，看到有兩隻老鼠在那裡奔跑。
Ron	你也許會想跟管理員 Peter 說這件事。

在對話裡 Randy 所用的分詞構句中，為了明確告知 entering the classroom 的「時間」，所以一定會把連接詞 when 寫出來。

現在，我只想再講一件事，然後這本書就要結束了。不定詞可以搭配的慣用表達很多（在【名詞篇】的 Chapter 10 有提到），同樣地，也有很多慣用表達會用到分詞構句。知識份子用了一個看起來很厲害的名字來稱呼這種分詞構句，叫做「無人稱獨立分詞構句」，會這樣叫是因為這種分詞構句的主詞是「我們所有人」，也就是不特定的不明確主體。特別的是，即使與主要子句的主詞不一致，這種分詞構句裡的主詞仍可省略。老實說，大家也只是把這種分詞構句當作是慣用表達而已，所以不會去特別遵守那些文法規則，而只是看要怎樣用比較方便而已，而且這樣說起英文來也比較簡略。這種慣用表達有：generally speaking（一般來說）、broadly speaking（大致來說）、provided that ~（考慮到 ~）等等。以為這裡只列出三種慣用表達就結束了嗎？當然不是！剩下的請大家透過對話直接體會一下吧！

12_10_1

12_10_2

John	Do you know anybody who could join our democratic camp?
Brad	How does Hillary Trump sound?
John	Is she the one who recently gave a speech on human rights?
Brad	Yes, she is. I've never met her **in person**[1], but **judging from**[2] what she said that day, she is the right person for us.
John	Hmm…. Frankly speaking, I think she is too **politically correct**[3]. What about Donald Clinton?
Brad	Strictly speaking, he is an **ex-convict**[4].
John	Gosh, is that right?
Brad	Yes, sir. He got arrested for accepting illegal campaign contributions.

John	If that's true, how come he is still engaged in politics?
Brad	I don't understand that either.

1. in person: 親自
2. judging from ~: 從～判斷為～
3. politically correct: 政治正確的（避免歧視性字眼或行為）
4. ex-convict: 有前科的人

John	你有認識誰可以加入我們民主陣營的嗎？
Brad	你覺得 Hillary Trump 怎麼樣？
John	她是最近就人權發表演說的那個人嗎？
Brad	是的，沒錯。我從來沒有見過她本人，但從她那天所說的話來看，她很適合我們。
John	嗯……坦白說，我覺得她太過政治正確了。那你覺得 Donald Clinton 怎麼樣？
Brad	嚴格來說，他是個有前科的人。
John	天啊，真的嗎？
Brad	是的，先生。他之前因收受非法競選獻金而被捕。
John	如果真是這樣的話，他怎麼會還在從政？
Brad	這我也不懂。

再說明一下，frankly speaking 後面主要會接有負面意義的句子。也就是說，像 Frankly speaking, she's beautiful. 或是 Frankly speaking, I love him. 這種句子，聽起來會有點不對勁！

到這就是許多文法書都把說明寫得難到讓人投降的分詞構句的全部內容。不過，就像俗語說的：「你可以把馬牽到河邊，卻不能強迫牠喝水」，雖然我已經帶各位了解了分詞構句，但要不要真的拿來用就是你們的選擇了。請好好運用吧！

對學習英文有幫助的
外語學習理論 5

我們和美國
在文法教育上的觀點差異

Why should we repeat the grammatical structures that we have already learned?

Because, although we may have learned them, we have not really acquired them! In the SLA (Second Language Acquisition) theory, learning and acquisition are two different things. In other words, what you have learned is not exactly what you have acquired.

Let's suppose that you learned the simple present tense in yesterday's class. Since you learned it yesterday, today you might be aware of how to conjugate verbs in the simple present tense, such as "I study English." or "He studies English." However, if you still make errors such as "Her husband work with me." or "James like Cynthia." in your regular conversation, you have not really acquired the "the simple present tense" yet. Because acquisition means that you can use the grammar rules automatically in your conversation as well as understanding and knowing about them. Then, what should we do to acquire new grammatical structures? Should we learn and memorize how to conjugate verbs in the simple present tense over and over again? No, No, No, No, No!!! We should "USE" and "PRACTICE" the form until we are able to use it without making errors. When you can use the simple present tense effectively and accurately in your regular conversation, that means you have finally ACQUIRED it.

　　在英文教育上，我認為我們和美國最大的分歧，在於我們將英文文法視為一門學科。說到英文文法，大家首先會想到什麼呢？你認為只有學習才能掌握英文文法嗎？或許有很多人會認為，學習文法就是要反覆背誦英文中存在的許多規則，但在這本書的最後，我想藉此機會請大家思考一下：正確的文法學習到底是什麼？底下我們先來看佛羅里達州立大學語言學校（Center for Intensive English Studies）的高級班文法教材的序言，並一起想想何謂真正的文法學習。

Our goal in studying grammar is acquisition, not just learning, and that's why we need to practice the grammatical structures that we have already learned over again. This book is focused on supporting your English acquisition as it relates to grammar.

From here, let's focus on acquiring English grammar, not just learning and knowing about it. Do you think you have already acquired the structures that you're studying now? Then, think about whether you still make errors using those structures in your regular conversation or writing.

- The author
extracted from <Florida State University CIES Grammar Book 4B>

為什麼我們要再學一次我們已經學過了的文法結構呢？

因為，儘管我們可能已經學習過了，但我們卻還沒真的習得它們！在外語學習理論之中，學習和習得是兩回事。換句話說，你學過的並不等同於你所習得的。

我們假設你在昨天上課時學到了現在簡單式。因為你昨天已經學習過了，今天你可能會知道現在簡單式的動詞變化方法，例如 I study English. 或 He studies English 等。然而，如果你在一般對話中還是會犯像 Her husband work with me. 或 James like Cynthia. 之類的錯誤，那麼你就還沒有真正習得「現在簡單式」。因為「習得」的意思是，你除了理解並知道這些文法規則之外，你還能在對話之中自然而然地用上這些文法規則。那麼，我們應該要怎麼做才能習得新的文法結構呢？我們應該要不斷反覆學習並背誦現在簡單式中的動詞變化方法嗎？不、不、不、不、不！！！我們應該要「使用」和「練習」這個文法結構，直到我們能夠在使用時不再犯錯為止。等到你能夠在一般對話裡有效且精準地使用現在簡單式時，才代表你終於習得了它。

我們學文法的目標在於習得，而不只是學習，這也就是為什麼我們必須一再練習已經學過的文法結構。本書把重點放在協助你於文法相關方面的英語習得。

從現在開始，我們不要只是學習並知道英文文法，而要專注於習得英文文法。你認為你已經習得現在正在學的文法結構了嗎？那麼，請想一想，你在一般對話或寫作上使用這些文法結構時，是否仍會犯錯。

——作者
節錄自《Florida State University CIES Grammar Book 4B》

　　事實上，由於這本文法教科書的作者是我自己，所以序言部分也是我親自寫的（害羞～），但與其說這篇序言是我的個人意見，倒不如說是這所大學語言教育學的碩博士們的意見。從序言中可以看出，在美國，學習和教授文法的目的，並不在於了解文法知識。了解文法知識，並確保自己在一般會話及寫作中，都能正確無誤地使用這些知識，才是學文法的真正目的。

　　那麼，我們就以「未來簡單式」（The Simple Future Tense）為例，具體比較一下我們和美國的文法教育有何不同吧！

　　先從我們自己開始講起吧！我一講到未來簡單式，就會想起我前面也有提到過的，那張統整了簡單未來、意志未來，第一、二、三人稱與單、複數等所有內容的圖表，當時，在準備與未來簡單式有關的考試時，我死記硬背的不是英文句子，而是這張圖表。每天都 shall/will/will、shall/shall/will、will/shall/shall……這樣背了又背，但這種背法其實反而很容易混淆而搞不清楚用

法。

但高中時的我，覺得那個教我這樣學的英文老師很聰明，還下定決心「我也要像他一樣成為一個優秀的老師！」但現在想起來，不知為何覺得心情有點不好。因為就算是一直都對英文很有自信的我，在看到這種圖表的時候，也會開始頭痛啊！用這種方式教授英文文法，能有多少學生可以在實際對話或寫作中，正確又自然地使用這些助動詞呢？這種課程簡直就是在學「為了學文法規則而建立的規則」……那時的我們，以為只有把這些規則都弄清楚，英文才能說得好，但接下來呢？翻到下一頁後，又開始重新學習和背誦新的時態和新的文法。仍舊沒有透過英文課程來真正習得文法。經歷世代變遷後的現在，相信現在已經很少用這種方式教文法的英文老師了，英文文法的教學方式，也會隨著時間的變化而改變的。

那麼，在我工作的佛羅里達州立大學語言學校的文法課上，是如何教授未來簡單式的呢？首先，我們只讓學生明白助動詞 will 和 be going to 的意思和功能，以及它們之後一定要接原形動詞的這件事，另外還有否定句／疑問句的構成方法等等，都是非常基本的內容。當然，所有課程都不只是講師單方面授課，而是會與學生們進行互動討論（Interaction）。在大概五分鐘的簡短文法說明後，剩下的大部分時間都是在透過各種 Activity，讓講師來引導學生們，在各種句

子情境中實際使用 will 和 be going to。我在教授未來簡單式時，效果非常好的一個 Activity，就是要求學生描述電影中的某個場景，接著再預測接下來會發生什麼事。因為在做出預測時（making a prediction），所使用的時態就是帶有助動詞 will 或 be going to 的未來簡單式。這樣一來，學生就能造出用到該時態且符合情境的具體句子，而在學生說出這些句子時，會由我來幫忙修正句中的文法錯誤。至於在高級班，與其由我來糾正這些錯誤，不如在學生犯錯時用 Buzzer（蜂鳴器）來提醒他們，讓學生能自己糾正自己的文法錯誤，並重新說出正確的句子。在這個過程中，學生就可以一邊檢查自己所使用的英文，一邊進行 Error-correction/Self-correction。

同樣地，助動詞 shall 的學習方式，也是由講師先為學生設定造句時適用的具體句子情境，並引導學生自行造出有用到 shall 的句子。利用 Buzzer 來矯正錯誤文法（Error-correction）當然也必不可少。有趣的是，在學習 will 和 be going to 時，那些認為「太簡單」且自認已經學會的學生們，如果真的開始進行這種 speaking activity，當努力要在對話中以這些助動詞造出完美的句子時，他們有時會漏掉冠詞，或是使用了不自然的表達方式，又或是用到了不符合句子情境的詞彙表達，犯錯的原因各不相同。這些認為自己知道這些文法並抱怨課程太過簡單，卻又無法在實際運用該文法結構時造出

完美句子的學生，主要都是來自亞洲。

　　我仔細思考後，覺得有可能是因為亞洲國家的英文教育，常會將文法當成是種知識來學習，但卻對習得英文文法不感興趣，進而才會造成這樣的結果吧！

　　那麼，這裡上課時會使用怎樣的文法教材呢？說實話，很多學生剛開始不太喜歡這些教材。因為這些書的內容會無情打破他們對文法書的刻板印象。雖然這些教材是文法書，但卻盡量縮減文法說明，在指出句子中主要出現的基本文法後，就是要求學生把文法實際運用在 speaking 和 writing 上的 activity。因為這些教材的目的不是「學習」文法知識，而是「習得」運用正確文法的句子。所以，這些教材的各章節都以 Activity 為中心，在進行非常簡短的文法說明後，就開始引導學生寫出使用相應文法結構的句子。這些 Activity 有包括遊戲在內的各種進行方式，引導學生親自造出用到相應文法結構的各種句子，學會具體的 Grammar-in-Context。因此，這本教材無法自行學習，因為這本教材的重點是讓學生開口說出英文句子（Output），以及隨後講師針對文法錯誤所進行的修正（Grammatical Error-Correction）。因此，即使教授的是相同文法，課堂內容也會依學生不同而改變。當然，學生能學到多麼精確及豐富的文法結構，完全取決於自身的參與度。因此，學生在上文法課時不該保持沉默。另外，在做

Activity 時，講師會在說錯句子時按下 Buzzer，提醒學生自行修正文法，並再說一次。在這個過程之中，包括動詞時態、冠詞及介系詞的使用，以及根據情境選擇恰當詞彙等文法規則，就會自然而然地被運用在口說和寫作之中，而不僅僅是腦內知識。

　　一天有個對這種文法課程不甚熟悉的學生來問我：「文法課和口說課有什麼差別呢？」這兩者當然不同呀！口說課的目的在於訓練口說流暢度（fluency），而文法課則著重於正確性（accuracy）。換句話說，口說課會專注於「開口說的內容」，藉此讓學生學會新的表達方式及詞彙，在此同時發生的文法小錯誤，如果不會對溝通造成太大影響，則講師通常會略過不談。這是因為口說課的主要目的，其實是要讓學生建立自信心並能夠流暢表達自身想法，所以即使學生使用的表達方式或說出的句子，在文法上並不是那麼正確，那也不是什麼大問題。另一方面，文法課則把重點更放在文法結構（structure）上。換句話說，讓學生能夠用英文說話和寫作還不夠，更重要的是要讓他們能夠正確運用在課堂上學到的文法結構來說和寫。因此，和口說課不同，不論犯的錯有多小，檢查自己使用的英文和自我修正錯誤（self-correction）直到完全正確都是必要的。因此，在佛羅里達州立大學語言學校裡的講師們，現在都會帶著 Buzzer 去上文法課。在聽到蜂鳴器響的時候修正文法錯誤吧！Bee～～p!

Epilogue 後記

在學習文法的時候，改變 Mindset 吧！

有句話說：「躲不掉就享受它吧！」也就是要求你享受那些讓你討厭到想逃避的事情。不過，要是我的話，再怎麼勉強自己也做不到這種事，但是人在生活中又無法只做自己想做的事，所以幾乎所有人都處在這個必須學英文、令人無奈的荒謬現實裡。以教英文為業的我所能做的，就是盡可能讓人們感受到學英文的樂趣，進而不會對這件事產生逃避心態。因為如此，面對那些無法覺得學文法有趣的人，我試著利用一些冷笑話和牽強的幽默，來發揮自己的英文教學專業，不過我也不知道這種學起來很有趣的感覺，到底有沒有成功傳達給大家。

最初我在策劃這系列套書時，我想要寫出的是，披著文法書外皮、實際閱讀時卻像是在看雜誌或漫畫，且在看完後會造成某種影響的書。這種影響可能是與英文或學習文法的方法有關，也可能是在看完後學會了某個文法或表達方式。不管是什麼，如果能對你面對英文文法的態度和學習方式造成一點影響，那我相信我的努力就沒有白費了。

於佛羅里達
金峨永

Reference

Brown, H. D. (2000). Principles of language learning and teaching. New York: Longman.

Cancino, H., Rosansky, E. J., & Schumann, J. H. (1975). The acquisition of the English auxiliary by native Spanish speakers. TESOL Quarterly, 9-4, 421-430.

Crystal, D. (2003) The Cambridge encyclopedia of the English language. Cambridge: Cambridge University Press.

Dechert, H. W., & Raupach, M. (1989). Transfer in language production. Norwood, NJ: Ablex Publishing Corporation.

Ellis, R. (1994). The study of second language acquisition. Oxford: Oxford University Press.

Gass, S. M., & Selinker, L. (2001). Second language acquisition: An introductory course.
NJ: Lawrence Erlbaum Associates.

Kim, A. (2007). CIES Grammar book 4B. Tallahassee, FL: Florida State University.

Leech, G. & Svartvik, J. (1994). A communicative grammar of English (2nd ed.). New York: Longman

Lightbown, P. A., & Spada, N. (1999). How languages are learned. Oxford: Oxford University Press.

Rideout. P. M. (2000). The Newbury house dictionary of American English. Boston: Heinle & Heinle

Swan, M. (2005). Practical english usage. USA: Oxford University Press.

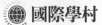

台灣廣廈 國際出版集團
Taiwan Mansion International Group

國家圖書館出版品預行編目（CIP）資料

對話學文法【進階篇】/金峨永著. -- 初版. -- 新北市：
語研學院, 2023.08
　面；　公分
　ISBN 978-626-97244-8-2
　1.CST: 英語　2.CST: 語法

805.16　　　　　　　　　　　　112010277

對話學文法【進階篇】
用母語人士的方法學英文，只憑直覺就能自然用對、流利表達！

作　　者／金峨永	編輯中心編輯長／伍峻宏・編輯／古竣元
譯　　者／張育菁	封面設計／何偉凱・內頁排版／菩薩蠻數位文化有限公司
	製版・印刷・裝訂／東豪・紘億・明和

行企研發中心總監／陳冠蒨　　　線上學習中心總監／陳冠蒨
媒體公關組／陳柔彣　　　　　　數位營運組／顏佑婷
綜合業務組／何欣穎　　　　　　企製開發組／江季珊

發　行　人／江媛珍
法 律 顧 問／第一國際法律事務所 余淑杏律師・北辰著作權事務所 蕭雄淋律師
出　　　版／語研學院
發　　　行／台灣廣廈有聲圖書有限公司
　　　　　　地址：新北市235中和區中山路二段359巷7號2樓
　　　　　　電話：（886）2-2225-5777・傳真：（886）2-2225-8052
讀者服務信箱／cs@booknews.com.tw

代理印務・全球總經銷／知遠文化事業有限公司
　　　　　　地址：新北市222深坑區北深路三段155巷25號5樓
　　　　　　電話：（886）2-2664-8800・傳真：（886）2-2664-8801
郵 政 劃 撥／劃撥帳號：18836722
　　　　　　劃撥戶名：知遠文化事業有限公司（※單次購書金額未達1000元，請另付70元郵資。）

■出版日期：2023年08月　　　　ISBN：978-626-97244-8-2